長編ネオ・ピカレスク

猟犬検事 悪《あく》行《ぎょう》

南 英男

目次

プロローグ

蕩《とろ》けそうだった。

生温かい舌が心地よい。巧《たく》みな舌技だ。頭の芯《しん》が霞《かす》みはじめた。

最上僚《もがみりよう》は、思わず口の中で呻《うめ》いた。

全裸でベッドに横たわっていた。仰向《あおむ》けだった。

飯田橋《いいだばし》にある自宅マンションの寝室だ。電灯は煌々《こうこう》と灯《とも》っていた。一月中旬のある夜だった。

最上は東京地検刑事部の検事である。三十四歳で、まだ独身だ。

二年前に汚職絡《がら》みの殺人事件で勇み足を踏んでしまい、いまは窓際族のひとりだった。実際、退屈で単調な公務しか与えられていない。

正義感の強い最上は学生時代から、東京地検特捜部で活躍することを夢見ていた。二十四歳のときに司法試験にパスし、二年間の司法修習を経《へ》て、わずか二十六歳で憧《あこが》れの検事になった。

浦和地検、名古屋地検と回り、ちょうど三十歳のときに東京地検勤務になった。夢まで、あと一歩だった。

そんな時期に取り返しのつかないミスをしてしまったのである。功を急ぐあまり、最上は大がかりな贈収賄事件の証人に暴力を振るい、口を割らせようとした。その事実が問題となり、彼は本部事件係から外された。

紡《つむ》ぎつづけてきた夢は、そこで潰《つい》えてしまった。法の番人である検事にとって、仕事上の過《あやま》ちは大きな汚点になる。最上が憧れの特捜部に配属されることは、まずあり得ない。

自らの手で輝かしい途《みち》を閉ざしてしまった彼はすっかり労働意欲を失い、漫然と日々を過ごしている。職場では、〝腑《ふ》抜《ぬ》け検事〟などと陰口を叩かれていた。

股の間にうずくまっているのは、恋人の露木玲奈《つゆきれいな》だ。

二十七歳の玲奈は、東京国税局査察部の査察官である。その美貌は人目を惹《ひ》く。知的な面差《おもざ》しだが、取り澄ました印象は与えない。色香がある。プロポーションも申し分ない。

二人が恋仲になって、はや一年数カ月が流れている。最上は大物財界人の悪質な脱税を立件する目的で、東京国税局に協力を要請した。

そのとき、たまたまコンビを組んだのが玲奈だった。それが縁で、二人は親密な間柄になったのである。

玲奈の舌の動きが大きくなった。

最上は枕から、こころもち頭を浮かせた。

玲奈の裸身は神々《こうごう》しいまでに白い。肌理《きめ》も濃《こま》やかだ。高く突き出した張りのあるヒップは、熟《う》れた水蜜桃《すいみつとう》を連想させた。

背中の正中線《せいちゅうせん》は、たゆたうようにうねっている。その動きは妖《あや》しかった。

豊満な乳房は重たげに揺れていた。砲弾形だ。

ウエストのくびれは深く、腰は頼もしげに張っている。蜜蜂のような体型だった。

「玲奈、最高だよ」

最上は両腕を伸ばし、恋人のセミ・ロングの髪をまさぐりはじめた。優しい手触《てざわ》りだった。

玲奈の口唇愛撫が一段と情熱的になった。

最上は吸われ、削《そ》がれ、舐《な》め回された。玲奈の頬は深くへこんだり、逆に大きく膨らんだりする。煽情的《せんじようてき》な眺めだ。淫靡《いんび》な湿った音も欲情をそそる。

最上は急激に昂《たか》まった。

玲奈の両手も遊んではいなかった。

片手は胡桃《くるみ》に似た部分を揉《も》み、もう一方の手は最上の引き締まった下腹や内腿《うちもも》を滑っている。

情感のこもった手つきだった。

「玲奈、そのまま体をターンさせてくれないか」

最上は言った。相互愛撫をしたくなったのだ。

玲奈が短くためらってから、ゆっくりと体の向きを変えた。ペニスを含んだままだった。

最上は顔の上に跨《また》がった恋人の腰を引き寄せた。

秘めやかな肉が眼前に迫った。

珊瑚《さんご》色の縦筋《たてすじ》はわずかに捩《よじ》れ、小さく綻《ほころ》んでいる。エロチックな構図だった。双葉を想《おも》わせる二枚の肉片の内側は、濡れ濡れと光っていた。

逆三角形に繁った飾り毛は、それほど濃くない。和毛《にこげ》は絹糸のように細かった。

最上は狭間《はざま》を押し割り、伸ばした舌で小さく尖《とが》った芽を打ち震わせた。

それは痼《しこ》り、包皮から零《こぼ》れていた。きれいなピンクだった。

最上は亀裂全体を幾度か舐め上げてから、敏感な突起を吸いつけた。

そのとたん、玲奈が魚のように身をくねらせた。なまめかしい呻き声も洩《も》らした。

二人は競《きそ》い合うように舌を閃《ひらめ》かせはじめた。

最上は花びらを啜《すす》り、複雑に折り重なった襞《ひだ》を舌の先でくすぐった。そこは、しとどに潤《うる》んでいた。あふれた蜜液が舌の上に滴《したた》り落ちてくる。

「いい、いいわ」

玲奈がくぐもった声で言い、舌を狂おしげに乱舞させはじめた。

最上は頃合を計って、玲奈の体内に中指を潜《くぐ》らせた。第二関節まで沈め、天井のGスポットに指先を当てる。

すでに瘤《こぶ》のように盛り上がっていた。快感の証《あかし》だ。指の腹で圧迫すると、さらに膨れ上がった。

玲奈が切なげに腰を振った。

最上は指を動かしながら、肉の芽を唇と舌で甘く嬲《なぶ》りはじめた。吸いつけ、圧《お》し転がし、甘咬《あまが》みもした。

いくらも経《た》たないうちに、急に玲奈の体が縮こまった。エクスタシーが近いようだ。

最上は濃厚な口唇愛撫を施《ほどこ》した。

ほどなく玲奈は昇《のぼ》りつめた。悦《よろこ》びの声を響かせ、柔肌を断続的に震わせた。

最上の中指は、きつく締めつけられていた。

搾《しぼ》り込むような締めつけ方だった。内奥《ないおう》は規則正しく脈打っている。

「たまらないわ。頭が変になりそう……」

玲奈が昂まりを口から解き放ち、上擦《うわず》った声で言った。すぐに彼女は、最上の内腿に唇を這《は》わせはじめた。

最上はクリトリスを親指の腹で揺さぶり、薬指も襞の奥に埋めた。右腕に微妙な振動を与えながら、玲奈の愛らしい肛門《アヌス》を舌で慈《いつく》しむ。

数分すると、玲奈は二度目の極《きわ》みに駆け上がった。

ほとんど同時に、憚《はばか》りのない声を轟《とどろ》かせた。ジャズのスキャットのような唸りは、長く尾を曳《ひ》いた。

最上は体をつなぎたくなった。

そのことを告げると、玲奈はフラット・シーツに背中を密着させた。胸の波動が大きい。乳首は蕾《つぼみ》のように硬く張りつめている。

最上は穏《おだ》やかに体を重ねた。

「まだ体の芯が痺《しび》れてるの」

玲奈が羞恥心を露《あらわ》にし、最上の唇を軽くついばんだ。

よく光る黒曜石のような瞳には、うっすらと紗《しゃ》のような膜《まく》がかかっていた。ぞくりとするほど色っぽい。牝《めす》になったときの眼差《まなざ》しだった。

最上は玲奈の脚《あし》を大きく割り、雄々《おお》しく猛《たけ》った分身を徐々に押し込んだ。

すぐに無数の襞が吸いつくようにまとわりついてきた。内部は熱くぬかるんでいたが、それでいて密着感が強い。

「このまま死んでもいいわ」

玲奈が甘やかに囁き、むっちりとした腿を巻きつけてきた。肌は火照《ほて》っていた。

最上は抽送《ちゅうそう》しはじめた。
六、七度浅く突き、一気に奥に分け入る。恥骨をぶつけるような勢いだった。
深く突くたびに、玲奈は息を詰まらせた。そのあと、きまって猥《みだ》りがわしい声を放った。

最上は強弱をつけながら、一定のリズムで動いた。

突くだけではなく、捻《ひね》りも加えた。後退するときは、必ず張り出した部分で膣口《ちっこう》を削ぐようにこそいだ。玲奈はそうされることが好きだった。

最上は律動《りつどう》を速めた。

十分あまり経過したころ、玲奈が三度目の沸点《ふってん》に達した。迸《ほとばし》った愉悦《ゆえつ》の声は、どこか悲鳴じみていた。

最上はペニスをひくつかせた。

すると、玲奈は啜り泣くような声を洩らしはじめた。緊縮感が鋭くなった。これ以上締めつけられたら、痛みを感じるかもしれない。

(小休止するか)

最上は交わったまま、動きを止めた。

ちょうどそのとき、ナイト・テーブルの上で携帯電話が着信音を奏《かな》ではじめた。玲奈が体をぴくりとさせ、じっと息を殺した。

「このままでいいよ」

最上は恋人と結合した状態で、ポケットフォンを耳に当てた。もう呼吸は乱れていなかった。

「若《わか》ですね？」

電話の向こうで、五十年配の男が確かめた。

いくらか沈んでいるが、馴染《なじ》みのある声だった。関東俠友《きょうゆう》会最上組の代貸《だいがし》を務めている亀岡《かめおか》忠治《ちゅうじ》に間違いない。

最上の実父の隆太郎《りゅうたろう》は、最上組の二代目組長だ。初代は、最上の祖父である。最上組は組員二十七人の弱小博徒《ばくと》集団だった。

二代目組長は五カ月ほど前から、都内の大学病院に入院していた。末期癌《がん》で、余命《よめい》いくばくもない。

「亀さん、親父の容態《ようだい》が急変したんだね？」

「はい。若、いまさっき組長《オヤジ》さんが……」

「死んだのか？」

「は、はい。まるで眠るように息を引きとられました」

「やっぱり、駄目だったか」

最上は力なく呟《つぶや》いた。

父は満六十八歳になったばかりだった。欲望が急速に萎《な》えはじめた。

悲しみは深かった。それでいながら、最上は解放感めいたものも覚えていた。呪縛《じゅばく》が解けたという喜びも湧《わ》いてきた。

最上は子供のころから、ずっと自分の運命を呪《のろ》いつづけてきた。選《よ》りに選って、なぜ筋者《すじもの》の家に生まれてしまったのか。おまけに祖父まで博奕打《ばくち》ちだった。

二人とも総身彫《そうしんぼ》りの刺青《いれずみ》で肌を飾っていた。夏の季節は、どちらも両肌《もろはだ》脱いで、誇らしげに彫りものを家族によく晒《さら》した。子供心に最上は祖父や父に激しい憎悪を抱いた。

小学校も高学年になると、父親が博徒の親分であることがひどく恥ずかしく思えてきた。他人に父親の職業を訊《き》かれるたびに、きまって身が竦《すく》んだ。不幸な出自《しゅつじ》が厭《いと》わしかった。

自分の体に無頼の血が流れていると思うと、無性《むしょう》に気持ちが暗くなった。思春期には、その思いが一層強まった。

自分には、サラリーマン家庭や商家で育った娘たちとは恋愛をする資格がないのではないか。たとえ恋に落ちても、成就《じょうじゅ》するわけがない。

仮に大学を優秀な成績で卒業しても、堅気の世界には入れてもらえないのではないか。世間からは弾《はじ》かれるのだろう。

そんな強迫《きょうはく》観念に取り憑《つ》かれ、最上は高校入学と同時に非行に走った。恐喝や喧嘩《けんか》に明け暮れているうちに、最上は父と同じ生き方をしはじめていることに身震いした。

そのときから、父を反面教師にするようになった。高校二年の秋ごろから勉学にいそしみ、有名私大の法学部に現役合格を果たした。

父は大酒飲みで、女道楽も盛んだった。優しさだけが取柄の母は、いつも夫に泣かされていた。

父は身勝手な遊び人だったが、弱者やはぐれ者たちには心優しかった。

最上は、父の侠気《おとこぎ》には清々《すがすが》しさを感じていた。父が存命中は疎《うと》ましく思うことが多かったが、いまは妙に懐かしい。

「若、すぐに病院に行っていただけますね？」

「ああ、行くよ」

「それじゃ、あっしはあっちこっちに連絡しなきゃなりませんので」

亀岡が涙声で言い、先に電話を切った。最上はポケットフォンの終了キーを押した。

「お父さん、亡くなられたのね？」

玲奈が訊《き》いた。最上は無言でうなずき、玲奈から離れた。

「わたし、なんと言ったらいいのか……」

「癌が全身に転移してたから、覚悟はしてたんだ」

「それでも、ショックなはずだわ。父子二人だけだったんですもの」

玲奈の声には、労《いたわ》りが感じられた。最上は、ひとりっ子だった。母は五年前に病死している。

「まだ七十前だったわよね？」

「ああ。しかし、親父は若いころから好き放題やってきたから、思い残すことはないだろう」

「最上組は、どうなるの？」

「現職検事が三代目を継ぐわけにはいかない。当然、解散さ。中途半端なセックスになってしまったが、勘弁してくれ。親父の死顔ぐらい見てやらなきゃな」

「当たり前よ」

「きょうの借りは、そのうち何かで埋め合わせするよ」

最上はベッドを滑り降り、素っ裸で浴室に向かった。

第一章　告発者の死

1

読経《どきょう》が高まった。

三人の僧侶の声は、みごとに揃っている。少しの乱れもない。

喪主《もしゅ》の最上は、仏壇の前に置かれた祭壇の際《きわ》に正座していた。

文京区根津《ねづ》一丁目にある実家の仏間だ。二十畳敷の和室である。

元は割烹《かっぽう》旅館だ。祖父が組を興《おこ》すときに買い取り、改築を重ねてきた家屋だった。間数は二十室近い。敷地は二百数十坪だ。

仏壇には、祖父母や母の位牌《いはい》が並んでいる。三人の遺骨は、近くの谷中《やなか》の墓地に埋葬してあった。亡父の遺骨も同じ墓のカロートに納めるつもりだ。

最上は父の遺影に目をやった。

数時間前に骨になってしまった父親は、屈託《くったく》なげに笑っている。顔もふっくらとしていた。

最上は新たな悲しみに襲われた。

涙が込み上げてきそうだ。うっとうしい存在だった亡父に対する愛惜《あいせき》の念が胸を領していた。

（もう少し酒を控えて、女遊びもほどほどにしておけば、もっと長生きできたのに。ばかだよ、親父は）

最上は遺影を見つめながら、胸の裡《うち》で悪態をついた。

晴れて検察官になった日、父は渡世人の倅《せがれ》が権力側に回るとは世も末だと嘆《なげ》いた。最上は父を睨《にら》み返した。

母から父が内心では息子がまっとうな人生を選んだことを喜んでいると聞かされたのは、数カ月後だった。それでも父は、面と向かって最上を誉《ほ》めることはなかった。

そういう無器用さも、いまでは好ましい。父は骨の髄までアウトローだったが、人間らしい好人物だったのかもしれない。

（六尺近かった大男が、こんな小さな骨壺《こつつぼ》に納まっちゃって……）

最上はうつむき、目を閉じた。膝の上に置いた手の甲に涙の雫《しずく》が落ちた。大粒だった。

やがて、焼香の刻《とき》が訪れた。

香炉が回されはじめた。

仏間には、身内や組員たちが集まっていた。一般の弔《とむら》い客は、関東俠友会の会長しか残っていない。

全員が焼香し終えるまで、読経は熄《や》まなかった。締め括《くく》りの声明《しょうみょう》は朗々と仏間に響き渡った。三人の僧侶が別室に移ると、最上は立ち上がって型通りの挨拶をした。亀岡たち組の者が縁者を別室に案内しはじめた。

階下の二室には、仕出し屋に注文した精進料理と酒が用意してあった。仏間の人影が疎《まば》らになると、関東俠友会の塩谷武徳《しおやたけのり》会長が近づいてきた。

羽織袴《はおりはかま》姿だった。八十近い年齢だが、若々しい。総白髪で、顔の血色もよかった。

「いろいろお世話になりました。後日、改めてご挨拶にうかがうつもりです」

最上は塩谷会長に深々と頭を下げた。

「堅苦しい挨拶なんか、どうでもいいんだ。ここんちとは親類みてえなもんだからな。おれは若い時分、あんたのお祖父《じい》さんの直系の舎弟だったんだよ。それから、独身時代の親父さんを二年ほど塩谷組で預かったこともあるんだ」

「そうでしたか。そういうおつき合いだったとは知りませんでしたので、何かと礼を欠いてしまったと思います。どうかご容赦《す》ください」

「いいんだよ。あんたは素っ堅気《かたぎ》なんだから、おれたちの世界の仕来《しき》たりなんか気にすることはねえんだ。それより、たいしたもんじゃねえか。東京地検の検事なんて、そうそうなれるもんじゃねえ」

「いいえ、そんなことは……」

「親父さん、あんたのことを会合でよく自慢してたよ。心底、嬉しそうだったぜ」

「その話は初耳です」

「そうかい。あんたの親父さんは、あれで案外、照れ屋だったからな。息子を直《じか》に誉めるなんてことはできなかったんだろう」

「そうなんでしょうか」

「きっとそうさ。ところで、後継者の件なんだが、故人の納骨が済んだら、三代目の組長を選出してもらいてえんだ。それが会の習《なら》わしになってるんでな」

塩谷が言った。

「実は最上組は解散したいと考えてるんです」

「そいつは、もったいねえ話だな。あんたのお祖父さんは、日本一の博奕打ちだったんだ。数々の伝説に彩《いろど》られたお方だったんだよ。親父さんにしても、壺を振らせたら、右に出る者はいなかった。最上組の名が消えちまうのは淋しいな」

「しかし、わたしの才覚では二十七人の組員の面倒を見ることはできません。父は賭場の収益《アガリ》だけではとても組を維持できないんで、居酒屋と有料駐車場を経営してたんですが、そっちの収入もたいしたことないんです」

「だろうな。うちの会は、麻薬《クスリ》も管理売春《マメノシル》もご法度《はっと》だから、どこも遣り繰《シノギ》りがきついんだ。といって、愚連隊上がりのヤー公どもと同じ商売をしちまったら、博徒の名折《なお》れだからな」

「会長のお考えは、ごもっともだと思います。しかし、わたしに三代目は重すぎます。最上組を解散して、縄張りをそっくり代貸の亀岡さんに譲るということはできないんでしょうか？」

「理事会で承認を得られれば、亀岡が跡目を継ぐことは可能だよ。けど、ほかの二十六人の現組員の半数以上の同意が必要になってくる。亀岡が組員たちの同意を得られるかどうかね。どの組員も、あんたの親父さんに惚《ほ》れて最上組の盃《さかずき》を貰《もら》ったんだろうからな」

「わたしが亀岡さんや組のみんなを説得してみます」

最上は言った。

「もちろん外野から、あれこれ言う気はない。跡目のことは、あくまで最上組の問題だからな。それにしても、最上組の名は絶やしたくねえなあ」

「そのお気持ちは、よくわかります」

「そうかい。別に世襲制じゃねえが、あんたが博奕打ちなら、三代目を継いでもらいてえ気持ちだよ」

「しかし、わたしは男稼業《おとこかぎょう》を張ってるわけじゃありませんので……」

「そうだな。跡目のことは、亀岡とじっくり話し合ってみてくれねえか」

塩谷はそう言い、別室に足を向けた。

最上は、仏間の座蒲団を片づけている部屋住みの若い組員を手招きした。若いといっても、もう二十八だ。健《けん》という名だった。

最上組の組員の平均年齢は四十三歳である。二十代の組員は、健ひとりだった。三十代の組員も数人しかいない。

「若、何かご用ですか？」

健が問いかけてきた。

「亀さんは？」

「お身内の相手をしてます」

「そう。すぐじゃなくてもいいんだが、奥の和室に来るよう言ってもらえないか」

「わかりました」

「ちょっと大事な話があるんだ。頼んだぜ」

最上は言いおいて、仏間を出た。階下のいちばん奥にある十二畳の和室に入り、座卓に向かった。

最上は黒いネクタイの結び目を緩《ゆる》め、セブンスターをくわえた。火を点《つ》けたとき、脈絡《みゃくらく》もなく玲奈の顔が脳裡に浮かんだ。

玲奈はきのうの通夜から、ずっと下働きをしてくれている。いまは酒を運ぶ手伝いをしてくれているはずだ。

最上は忙しさに取り紛《まぎ》れて、ろくに玲奈と言葉も交わしていなかった。かなり疲れたのではないか。

（あとで、労をねぎらってやらなきゃな）

最上はそう思いながら、煙草を深く喫《す》いつけた。火葬場で一服してから、ずっと紫煙をくゆらせていなかった。大役を果たし終えたからか、いつになく煙草がうまかった。

短くなったセブンスターの火を揉《も》み消しているとき、代貸の亀岡が和室に入ってきた。

角刈りで、目がナイフのように鋭い。中肉中背だが、全身に凄《すご》みが漂っている。きちんと黒の礼服を着ていた。

「亀さんには、すっかり世話になっちゃったね」

「何をおっしゃるんです。あっしは、当然の務めを果たしたまでです」

「ま、坐ってくれないか」

最上は言った。亀岡が一礼し、座卓の向こうに腰を落とした。

「若、何か大事なお話があるそうですね。何なんでしょう？」

「亀さん、その若って言い方、やめてくれないか。そんなふうに呼ばれると、なんか落ち着かなくなるんだ」

「お言葉ですが、組長《オヤジ》さんのご子息を気やすく名前じゃ呼べません。耳障《みみざわ》りでしょうが、どうかご勘弁願います」

「わかったよ。それじゃ、本題に入ろう。実は最上組を解散したいと思ってるんだ。おれは博奕打ちじゃないし、組の人間を束《たば》ねる能力もない。亀さん、率直な意見を聞かせてくれないか」

最上は促《うなが》した。

「それじゃ、正直に申し上げます。組がなくなるのは辛《つら》すぎます。若、形だけでも結構ですから、三代目になってくれませんか？」

「亀さん、無茶を言うなよ。おれは堅気なんだぜ」

「わかってやす。組の遣り繰り《シノギ》は、あっしが何とかします。もちろん、渡世の諸々《もろもろ》の義理がけも責任を持って果たしやす。名目だけの組長でいいんです。どうでしょう？」

「どう考えても無理だな。それより、いっそ亀さんが三代目を継いでくれよ。亀さんが最適だと思うんだ」

「ありがてえお話ですが、あっしは組長の器《うつわ》じゃありません。五十一年もぼんやりと生きてきた人間ですから、組を預かるだけの才覚が備《そな》わってないんでさあ。ただ、若の下でしたら、それなりの働きはできると思いやす。若、どうか三代目を襲名してくだせえ。この通りです」

亀岡が座蒲団を外し、畳に額を擦《こす》りつけた。

「やめてくれよ、亀さん。頼むから、頭を上げてくれないか」

「若がイエスと言ってくれるまで、頭《ペテン》を上げるわけにゃいきません」

「弱ったな。亀さん、跡目については後日、改めて相談することにしないか」

「そうですね。今夜は取り込んでますんで、そうしたほうがいいかと思います」

「塩谷会長の相手をしてもらえないか。あとで、おれも挨拶に回るよ」

「そうしてくだせえ。それじゃ、あっしはこれで……」

「亀さん、ひとつよろしくね」

最上は頭を下げた。亀岡がうなずき、静かに部屋から出ていった。

最上は、また煙草に火を点けた。もう少し時間をかけて亀岡を説き伏せ、最上組の三代目になってもらうことがベストだろう。

組を解散したら、中高年の多い組員たちは身の処し方に困るはずだ。この不況下に、元やくざがすぐに正業に就《つ》けるとは思えない。

喰《く》うに困ったら、強盗や恐喝を働く者が出てくるかもしれない。そんなことになったら、最上組の名に傷がついてしまう。

(何がなんでも、亀さんに三代目を継いでもらおう)

最上は煙草を吹かしながら、密《ひそ》かに意を固めた。

喫《す》いさしの煙草の火を揉み消し、ネクタイを締め直す。そろそろ塩谷会長や身内の者に礼を述べに行かなければならない。

立ち上がったとき、襖《ふすま》の向こうで玲奈の声がした。

「僚さん、お客さまをお連れしたの」

「どなたなのかな？」

「亡くなられたお父さまのお知り合いの女性だそうよ」

「そう。入ってもらってくれないか」

最上は居住まいを正した。

すぐに襖が開けられ、三十八、九の喪服をまとった妖艶《ようえん》な女が入ってきた。黒いフォーマル・スーツ姿の玲奈は一礼し、和室から遠ざかった。

「初めてお目にかかります。わたし、清水郁美《しみずいくみ》と申します。湯島《ゆしま》三丁目で、『つわぶき』という小料理屋をやってますの。僚さんですね？」

「そうです。父とは、どういったおつき合いだったんでしょう？」

「お父さまのお世話を受けていました」

「そういうご関係でしたか。で、ご用件は？」

「実は、お父さまからお預かりしていた遺言テープをお持ちしたんです」

「とりあえず、お坐りください」

最上は、さきほどまで亀岡が坐っていた席を手で示した。

父の愛人と称した色気のある女は優美な身ごなしで、座卓の向こうに回った。座蒲団を横にのけ、畳に直《じか》に正座した。

最上は郁美の顔を正視した。

典型的な瓜実顔《うりざねがお》で、目鼻立ちは整っている。どことなく死んだ母に面立《おもだ》ちが似ていた。

「さっそくですが、父の遺言テープを聴かせてもらえますか」

「はい」

郁美が黒い和装用バッグから超小型録音機を取り出し、そっと卓上に置いた。すぐに再生ボタンが押され、父の嗄《しわが》れた声が流れはじめた。

これは、わたくしこと最上隆太郎の遺言テープです。ちょっと真面目腐《まじめくさ》っちまったな。どうもおれらしくねえや。気楽に喋《しゃべ》らせてもらおう。

要するに、こいつは倅《せがれ》の僚へのメッセージってやつだ。僚、ろくでもない父親を持っちまって、何かと大変だったろうな。運が悪かったと思って、諦《あきら》めてくれ。

たとえ親子の縁を切ったところで、父と息子であることは永遠に変わらねえんだ。おれは、おまえのような出来のいい倅を持ったことを誇りに思ってるよ。

官は生理的に好きになれねえが、おまえは自分の意志で検事になった。それはそれで、立派なことだ。世の中にゃ紳士面をした大悪党が大勢いる。

おまえは自分の正義をとことん貫《つらぬ》いてくれ。それでこそ、漢《おとこ》ってもんだ。

さて、遺産相続の件だが、おれ名義の不動産や預金はすべて僚にやる。もっとも自宅も駐車場にしてある土地も銀行の抵当に入ってるから、正味の資産は数千万の価値しかねえだろう。

預貯金と生命保険金を併《あわ》せれば、五千万円ぐらいにはなるかもしれねえ。もちろん、それも僚のものだ。

組のことだが、すぐに解散するのは困る。代貸の亀岡かおまえが一応、三代目を襲名してくれないか。いずれ最上組は解散せざるを得なくなるだろうが、それまでに亀岡を含めて二十七人の組員がそれぞれ小商《こあきな》いができるだけの金を与えてやってほしいんだ。ちょっとした商売でも、五千万円の事業資金は必要だろうな。

総額で十三億五千万円か。堅気のおまえには途方もない巨額に思えるだろうが、その気になって肚《はら》を括《くく》りゃ、工面《くめん》できない額じゃねえ。

僚、亀岡と協力し合って、なんとか組員たちの〝退職金〟を都合つけてくれねえか。組の奴らはどいつも貧乏神に取り憑《つ》かれちまって、銭儲《もう》けが下手なんだ。おまえだけが頼りなんだよ。

ダーティ・ビジネスに手を染めてもかまわねえ。ただ、ドラッグと女は商売の材料《ネタ》にするな。そこまで堕落しちまったら、最上組の名が泣く。

僚、捨て身になりゃ、割に簡単にまとまった銭を手にできる。ヒントを与えてやらあ。楽して大金を摑《つか》んだ連中は、たいてい何か危《ヤバ》い橋を渡ってきたと考えてもいい。それから、権力や名声を欲しがってる奴らにも何か後ろ暗いとこがあるもんだ。

ここまで言えば、もう察しがつくよな。あとは、おまえが度胸を据《す》えればいい。

僚、よろしく頼むぜ。二十七人が正業に就けたら、組はいつ解散してもいいよ。

死んだ女房には苦労かけ通しだったから、あの世に行ったら、真っ先に詫《わ》びを入れる。おまえには、何もしてやれなかったな。済まねえ。

わがままいっぱいに生きてこれたのは、母さんと僚のおかげだよ。その点は深く感謝してる。僚、ありがとな。孫の顔を見たかった気もするけど、そいつは贅沢《ぜいたく》ってもんだろう。僚、逞《たくま》しく生き抜けよ。

もう一度礼を言うぜ。僚、ありがとう。それじゃ、あばよ！

音声が途切れた。

郁美が停止ボタンを押し、小声で言った。

「このテープを録音したのは、ちょうど一カ月前なんです。わたしが病院にお見舞いに行ったときに、どうしても遺言テープを録《と》っておきたいと言い出したんです」

「そうですか。親父とは、どの程度のおつき合いだったんです？」

「丸三年になります。あなたのお母さまが亡くなられて一年ほど経ったころ、お父さまがふらりとお店に入ってこられたの」

「それから、あなたの店に通い詰めて、一年後に親父は女将《おかみ》さんを口説《くど》いたんですね？」

「ええ、まあ。病気で亡くなられた奥さまに横顔が似てるとか何とか言って……」

「事実、よく似てますよ」

最上は小さく笑った。父の最後の愛人が母に似ていることが、わけもなく嬉しかった。

「あのう、お父さまにお線香を上げさせてもらえますか。厚かましいお願いだとは思うんですが、気持ちにけじめをつけたいんです」

「ええ、どうぞ。おふくろも故人ですからね」

「ありがとうございます。これは、そっくりそちらにお渡しします」

郁美がマイクロ・テープの入った超小型録音機を卓上の中央に滑らせ、先に腰を浮かせた。

最上は超小型録音機を上着の内ポケットに突っ込み、勢いよく立ち上がった。十二畳の和室を出て、郁美を仏間に導く。

(親父の奴、勝手なことを言いやがって。しかし、いま組を解散したら、二十七人の組員の行き場がなくなるな。どうすればいいんだ⁉)

最上は広い廊下を歩きながら、思い悩みはじめた。

2

被疑者は不安そうだった。

腰縄《こしなわ》を打たれて折り畳み式のパイプ椅子《いす》に腰かけた四十三歳の元工員は、何かを訴えるような目を最上に向けてきた。最上は小さくうなずいた。

東京・霞が関にある検察庁合同庁舎の三階の検事調室だ。

最上は窓側の検事席に坐っていた。

右手横には、検察事務官の机がある。被疑者の斜め後ろには、護送警官が控えていた。

元工員は八日前に愛宕《あたご》署管内で窃盗を働き、警察から送検されてきたのだ。被害額は三万円弱だった。しかも、被疑者には犯罪歴はなかった。

すでに検事調べは終わっていた。

最上は溜息をついて、煙草をくわえた。父の告別式があったのは、おとといだ。

きょうまで忌引《きび》きで休暇をとれるのだが、最上は登庁したのである。午前十一時過ぎだった。

「勤めてたプレス工場が七カ月前に急に倒産して、四カ月分の給料もついに手にできなかった。貯《たくわ》えがなくなっても、人間は喰《く》っていかなきゃならない」

「は、はい。毎日、職安に通ってみたんですが、再就職口はなかなか見つかりませんでした」

「だろうね。まだ失業率が四パーセント以上だからな」

「わたし、丸二日何も食べてなかったんです。あまりにもひもじかったので、スーパーから出てきた自転車に乗った主婦を突き倒して、バッグを引ったくってしまったんです。悪いことをしたと心から反省してます」

被疑者がうなだれた。

「魔がさしたってやつだな」

「は、はい。検事さん、わたしはどうなるんでしょうか？　起訴されて、裁判にかけられたあと、刑務所にぶち込まれるんですか？」

「その質問には答えられないな。ただ、被害者の怪我《けが》も軽かったし、あんたも罪を悔いてるようだから……」

「はい。それは、ほんとうに悪いことをしたと猛反省しています。検事さん、どうか温情をおかけください。お願いします」

「ご苦労さん！　もう愛宕署に戻っていいよ」

最上は言った。所轄署の護送警官が被疑者を立たせ、一緒に検事調室から出ていった。

「最上検事にこんなごみみたいな事件ばかり担当させるなんて、偉いさんたちもどうかしてますよ」

検察事務官の菅沼直昭《すがぬまなおあき》が憤《いきどお》ろしげに言って、ボールペンを供述調書の上に投げ出した。

二十八歳の菅沼は直情型の青年だった。コンビを組んで、はや二年になる。

「のんびりやるのも悪くないさ」

「上の連中は小心すぎますよ。最上検事の勇み足なんて、どうってことないのに」

「検察の人事権は法務大臣が握ってるからな。上層部の連中は政府関係者を刺激したくないのさ」

「それにしても、最上検事を刑事部のマイナー部門に追いやったままなんですから、なんか赦《ゆる》せませんよ。最上検事は四階と五階で仕事をすべき方です」

「菅沼君、もういいんだ」

最上は微苦笑した。

検察庁合同庁舎の四階と五階は、東京地検特捜部が使っている。五階には検事調室がずらりと並んでいて、どこか異様な雰囲気だ。

特捜部は知能犯係、財務経済係、直告係の三部門に分かれている。

花形セクションの知能犯係は、主に贈収賄、詐欺、業務上横領、選挙違反など重要な事件を扱う。最上は知能犯係の検事になって、悪徳政財界人たちの罪を暴《あば》きたいと長いこと夢見ていた。

財務経済係は高金利、外為、脱税、商標侵害など経済事件が担当だ。直告係は告訴、告発事件のうち、割に小規模な事件を手がけている。

東京地検特捜部は、超エリート検事の集団だ。それだけに検事数は三十人前後と少ない。その人数は事件によって、多少の増減がある。

そうした超エリート検事たちの補佐役として、五、六人の副検事と六十人近い検察事務官が働いている。副検事は、司法試験に合格しても司法修習を受けなかった者、検察事務官や警部以上の警察官などを三年以上経験した者に与えられる資格である。もちろん、検察官であることに変わりはない。

副検事は検事予備軍という位置にあり、大半の者は交通違反などを扱う区検察庁に勤務している。地検に配属される副検事は優秀な人材が多い。地検の特捜部にいる副検事はベテラン揃いだ。

特捜部は現在、東京地検、名古屋地検、大阪地検の三カ所しかない。中でも最も注目されているのは、東京地検特捜部である。

検察庁合同庁舎には、東京区検、東京地検、東京高検、最高検が同居している。一階には事務部門が設けられ、二階は区検のフロアだ。

地検は三、四、五階を使い、六階は高検のフロアになっている。七、八階を使用しているのは最高検だ。

「本被疑者は、どう扱われるおつもりですか？」

菅沼が訊《き》いた。

「この程度の犯罪《ヤマ》でいちいち起訴してたら、地裁の奴らが面倒がる。それに、被疑者もだいぶ反省してる様子だったからな」

「それでは、例によって、公訴の必要なしですね？」

「ああ、不起訴処分にしよう」

最上は言いながら、フィルター近くまで灰になった煙草の火を慌《あわ》てて消した。

毎年、全国の検察庁で取り扱う刑法犯の処理人数は約五十万人にのぼる。そのうちの四割強が家庭裁判所に送致され、残りの六割弱が地裁送りの検討対象になる。しかし、実際に起訴されるのは、半分以下だ。

多くの事件が不起訴になっているのは、現刑法が検察に公訴権を与え、その自由裁量に任せているからだ。小さな窃盗や傷害事件の場合は、不起訴にする検事が多い。

その代わり、起訴された刑事事件の有罪率は九十九・九パーセントを上回る。昔から検察は、起訴した以上は勝たなければならないという意識が強い。

その気迫に圧倒されてしまうのか、裁判所は求刑通りの判決を下《くだ》すケースが少なくない。大半は、検察の求刑の七掛けの量刑判決が下されている。

それ以下にすると、検察に控訴される恐れがあるからだ。控訴された場合、担当判事は減点される。

出世欲の強い裁判官の中には、適当なところで検察側と折り合いをつけてしまおうと考えている者がいる。

その数は思いのほか多い。それだけ検察のパワーは強いということになる。

「おっと、お礼を言い忘れるところだった。菅沼君、わざわざ親父の告別式に顔を出してくれたんだったな。ありがとう」

「いいえ。個人的には、通夜にもうかがいたかったんですが、上から妙な御触《おふ》れが回ってたもんですから……」

菅沼が言いにくそうに言った。

「職場の人間で焼香に来てくれたのは、きみだけだったよ」

「そうでしょうね。みんな、臆病者ですから」

「きみが顔を出してくれたことは嬉しかったが、今後はあまり勝手な真似《まね》はしないほうがいいな。下手したら、釧路《くしろ》地検か那覇《なは》地検に飛ばされちまうぞ」

「そうなっても、別にかまいませんよ。職場の同僚の実父の葬式にも出ようとしない奴らは、社会性を欠いてます！」

「死んだ親父は堅気じゃなかったからな。うっかり通夜や告別式に顔を出したら、仕事面でマイナスになる。職場のみんなを責める気はないんだ」

「故人が組を構えてたといっても、最上検事のお父さんなんです。いくら何でも、情がなさすぎますよ」

「菅沼君、もういいじゃないか。それより、次の取調べの予定は入ってなかったね？」

最上は確かめた。

「ええ、残念ながら。うちの部長は、最上検事を干す気なんじゃないでしょうか」

「ああ、おそらくね。しかし、あんまり忙しいよりはいいよ。負け惜しみに聞こえそうだがな」

「いいえ、そんなことはありません」

「暇なのは結構だが、何もしないのも気が咎《とが》める。税金泥棒なんて言われたくないからな」

「ええ、まあ」

「済まないが、未着手の告発状や投書を刑事部から持ってきてくれないか」

「俸給分の仕事は、ご自分で見つけるということですね？」

「ま、そういうことだ」

「わかりました」

菅沼が机から離れ、検事調室から出ていった。

地検は、警察など捜査機関から送致される刑事事件を扱っているだけではない。一般市民の告訴、告発はもちろん、一通の投書からも事件の捜査に乗り出している。

最上は煙草をくわえた。

菅沼に告発状や投書の類《たぐい》を取りに行かせたのは別段、急に士気《しき》を取り戻したからではなかった。金になりそうな事件があるかどうかチェックしてみたかったのだ。

きのう、最上は一日がかりで亡父の不動産や動産を調べてみた。

生家や有料駐車場の土地は、それぞれ第二抵当権まで設定されていた。第一抵当権者は都市銀行で、第二抵当権者は地方銀行だった。

借入総額は予想よりも、はるかに多かった。しかも、一年以上も前から利払いも滞《とどこお》らせている始末だった。

仮に都銀と地銀が相談して父親名義の不動産を競売にかけても、融資額の半分も回収できないのではないか。二つの物件は、ともにバブル全盛期に融資を受けている。

いまは、地価がその当時の三分の一近くまで下がってしまった。父が言っていたように、数千万円の現金が残ると考えるほうが甘すぎる。

預貯金の額も少なかった。父は何か勘違いしていたのだろう。生命保険金は、わずか三千万円だった。それで長年溜《た》め込んでいた居酒屋の出入り業者の未払い分をきれいにしたら、数百万円しか残らないはずだ。

有料駐車場の収益は、月に四十万円そこそこだ。テラ銭にしても、年に二千万も入っていなかった。

どうやら父は借金を重ねながら、二十七人の組員を抱えてきたらしい。といっても、小遣い程度の金を渡すのが精一杯だったのではないか。

亀岡たち二十七人の組員は父と盃を交わしたばかりに、貧乏くじを引かされたわけだ。

運が悪かったと言ってしまえば、それまでだが、そんなふうにはドライに割り切れない。

最上は父の無責任さに腹を立てながらも、やはり二十七人の組員の行く末が気がかりだった。

彼らの大多数は、妻たちに生計を支えてもらっている。美容院や飲食店を経営する妻を持つ組員はたったの三人で、ほかの細君たちはスーパー・マーケットや町工場で働いて夫を喰わせている状態だ。独身の組員たちも、愛人を酒場やパチンコ屋で働かせているようだった。

代貸の亀岡にしても、決して豊かな暮らしをしているわけではない。彼の妻と娘は月島《つきしま》の貸店舗でもんじゃ焼きの店を切り盛りし、ようやく家族を支えているようだ。

最上は、そんな組員たちを見捨てることはできなかった。考え抜いた末に、彼は臑《すね》に傷を持つ悪党どもから金を脅し取る決心をした。

むろん、プロの恐喝屋に成り下がる気はない。二十七人の組員たちに五千万円ずつ渡したら、すぐさま裏のダーティ・ビジネスは辞める気でいる。

それまでは、行きがかり上、三代目組長にならざるを得ないだろう。父の納骨が済んだら、三代目襲名披露をするつもりだ。

喫いさしの煙草の火を揉み消したとき、上着の内ポケットで携帯電話が打ち震えた。職場にいるときは、いつもマナー・モードにしてある。

最上はポケットフォンを取り出し、通話キーを押し込んだ。

「わたしよ」

玲奈だった。

「きみには、すっかり世話になっちまったな」

「水臭いことを言わないで」

「そうだな。しかし、感謝してるよ」

「少しは落ち着いた？　まだ無理よね、一週間も経ってないんだもの」

「もう大丈夫だよ」

「そう。これからが大変ね。遺産相続の手続きもあるだろうし、組も解散しなければならないだろうしね」

「組は解散しないことにしたんだ。というよりも、いまはまだ解散できない事情があるんだよ」

最上はそう前置きして、父の遺言テープの内容を手短に話した。

「それで、一応、三代目になる気持ちになったわけね。組長検事か。ちょっとユニークな存在じゃない？」

「玲奈には大反対されると思ってたんで、なんか拍子抜けしちまったよ」

「わたしが反対したところで、どうせ僚さんは言うことなんか聞かないでしょ？」

「まあね」

「それで、十三億五千万円の大金をどうやって工面するの？」

「わからない。わからないが、なんとかしなけりゃな」

「呑気《のんき》ねえ。外国の宝くじの賞金は何十億なんてものもあるようだから、有り金はたいて、まとめ買いしてみる？　半分は冗談だけど、そういう方法ぐらいしか一攫千金《いっかくせんきん》の夢は見られないんじゃない？」

「そうかもしれない。とにかく、本気になって大金を摑む方法を考えてみるよ」

「どうしても工面できなかったら、わたしがこっそり悪質な大口脱税者を教えてあげる。そういう連中を三、四人揺さぶれば、十億や二十億の口留め料はせしめられるでしょ？」

玲奈があっけらかんと言った。

「本気でそんなことを言ってるのか⁉」

「ええ、半分はね。わたし、狡猾《こうかつ》な大口脱税者どもを何とか懲《こ》らしめてやりたいのよ。でも、そういう奴らは超大物の政治家や高級官僚とつながってるから、なかなか尻尾《しっぽ》を摑ませないの。そういう連中は、誰かが痛めつけてやらないとね」

「同感だな」

最上は相槌《あいづち》を打った。何やら味方を得た気がして、心強かった。

玲奈には非合法な手段で短期間に巨額を強請《ゆす》り取ることを秘密にしておくつもりだったが、場合によっては打ち明けてもよさそうだ。

「今夜、何か予定が入ってる？」

「いまのとこ特にないが……」

「だったら、わたしの部屋に来ない？」

玲奈が恥じらいを含んだ声で誘いかけてきた。彼女は代々木上原《よよぎうえはら》の賃貸マンションで独り暮らしをしている。実家は藤沢《ふじさわ》にある。

「こないだのつづきをやろうってわけか」

「それだけが目的じゃないわよ。僚さんが精神的にまいってるだろうと思ったから、少し励ましてやろうと考えたわけ」

「わかってるよ。突発的に何か急用ができるかもしれないが、そういうことがなけりゃ、きみのマンションに行く」

「何時ごろになりそう？」

「特に急用が入らなきゃ、八時過ぎには行けると思うよ」

最上はそう言って、通話を打ち切った。

携帯電話を懐に戻した直後、段ボール箱を両腕で抱えた菅沼が検事調室に入ってきた。

「ご苦労さん！　かなり入ってそうだな」

「五、六十通はありそうです。一応、開封されてますけど、まともに目を通した様子はないですね」

「そう。ここに置いてくれないか」

最上は自分の机の上を手早く片づけた。段ボール箱が机上に置かれた。

「昼飯喰ってこいよ」

「はい。それじゃ、お先に」

菅沼が検事調室から出ていった。

最上は段ボール箱の中に手を突っ込み、無造作に封書を抓《つま》み上げた。すべての告発状と投書に目を通すつもりだ。

3

気が滅入ってきた。

読み終えた四十通の告発状や投書は、どれも私怨《しえん》絡みの個人攻撃だった。妬《ねた》みによる中傷も目立つ。

（人間ってやつは、どうして他人《ひと》の成功や繁栄を妬むんだろう。他人は他人、自分は自分なのにな）

最上はうんざりしながらも、残りの封書を次々に手に取った。

隣家の娘が夜十時過ぎまで毎晩のように下手なピアノを弾くので、それとなく注意をした。すると、娘の父親が烈火のごとく怒って、さまざまな厭《いや》がらせをするようになった。

そのことを近所の交番の巡査に訴えたのだが、まともに取り合ってくれなかった。このままでは、一家全員がノイローゼになってしまう。東京地検の力で何とかしてもらえないだろうか。

マンションの上の階に住んでいる若いＯＬがブランド物の服やバッグで着飾り、六百万円もする高級外車を乗り回しはじめた。ほんの七、八カ月前までは倹《つま》しい暮らしだった。

その直後ぐらいから、彼女の部屋に複数の男性が夜ごと出入りするようになった。真上の部屋の女性は自宅マンションで売春をしているのではないか。それで、急に金回りがよくなったにちがいない。すぐに調べてもらえないだろうか。

そんな内容の投書ばかりだった。

とても文面を最後まで読み通す気にはなれなかった。最上は興味のない封書を机の端に積み上げた。

何気なく段ボールの底を覗《のぞ》くと、未開封の封書があった。最上はそれを取り上げ、すぐさま封を切った。差出人欄には、小室大輔《こむろだいすけ》という名しか記《しる》されていない。

最上は三つ折りにされた便箋《びんせん》を抓み出し、達筆な文字を目で追いはじめた。

初めてお手紙を差し上げます。
小生は小室大輔と申します。三十三歳です。四谷の医療法人博愛会総合病院に勤務する内科医です。

ここ数年前から病院側のミスによる医療事故が目立って多くなりましたが、小生の勤務する病院でも、その種のアクシデントが跡を断ちません。

およそ一年前には、手術患者の取り違え事故が発生しました。同じ日にそれぞれ胃と片方の腎臓摘出手術を受けることになっていた二人の中年男性が取り違えられて、健全な臓器を抉《えぐ》り取られてしまったのです。つまり、胃を摘出されることになっていた患者は誤って片方の腎臓を切除されたわけです。もうひとりは逆に胃を取られてしまいました。

担当看護婦や執刀医たちが大変なミスに気づいたのは、三日も後のことでした。病院側は担当スタッフに箝口令《かんこうれい》を敷き、すぐさま二人の患者と示談交渉に入りました。

胃や片方の腎臓がなくても、死ぬようなことはありません。被害に遭《あ》われたお二人は当初、告訴も辞さないと息巻いていました。慌《あわ》てた病院側は二人の患者に一億円を超える和解金を提示しました。それで結局、示談は成立しました。

すでに示談が成立してしまったわけですから、もはや小生があれこれ言う気はありません。

しかし、示談がまとまった翌月に、またもや大変なアクシデントが発生したのです。あろうことか、癌治療《がんちりよう》の放射線源に使っていた放射性物質のカリホルニウム252が院内から消えてしまったのです。

カリホルニウム252は直径一ミリ、長さ三・三センチの金属容器に収められた小さな線源ですが、推定放射能量は四百万ベクトルとかなり多いのです。カリホルニウム252に一メートルまで近づいた場合、わずか九日間で一般人の年間被曝《ひばく》線量限度を超えてしまいます。

数年前に、茨城県東海村のＪＣＯ《ジェー・シー・オー》東海事業所で起きた臨界事故とは比較になりませんが、危険は危険です。

この線源は直径六十センチのドラム缶に放射線を遮《さえぎ》るパラフィンを詰めてから、金属ケースごと入れて保管し、社団法人日本アイソトープ協会で廃棄してもらうことになっています。しかし、紛失したカリホルニウム252は未《いま》だに発見されていません。

このような事故を招いたのは、明らかに病院側の管理ミスです。言い訳のできない過《あやま》ちでしょう。

さらに去年の暮れには、内科で人体実験の犠牲になった患者がいます。

その方は四十六歳の男性で、タクシー・ドライバーでした。うちの病院を訪れたのは、昨年十一月の中旬でした。

小生の医大の先輩に当たる担当医の川手秀司《かわでしゆうじ》氏はバセドー病による周期性四肢麻痺《ししまひ》と診断し、

タクシー・ドライバーを入院させました。治療に時間はかかりますが、特に怖い病気ではありません。

ところが、三週間が経過したころ、患者は急死してしまったのです。小生はびっくりし、何か医療ミスがあったのではないかと直感しました。

先輩の川手ドクターにストレートに問いかけてみましたが、彼は言下《げんか》に否定しました。しかし、先輩は狼狽《ろうばい》していました。

それで小生は、密かに調査してみました。その結果、川手氏が診断治療とはまったく関係のない実験を六件も施《ほどこ》していたことが明らかになったのです。

専門的になりますから、詳細は省《はぶ》かせてもらいます。最後に行われたインシュリン・ブドウ糖負荷《ふか》試験が患者の心臓に極度の負担をかけたにちがいありません。これは、非常に危険な検査なのです。

また、それ以前に投与されたマンニトールという薬剤はバセドー病はもとより、周期性麻痺に効果があるというデータは世界中を探しても、どこにもありません。

いくつかの仮説に基づいて、川手ドクターが独断で人体実験をした疑いが濃厚です。小生は院内を駆け回って、証拠保全になる医療器具を探してみました。しかし、すでに廃棄済みでした。

なぜか、急死した患者のカルテの一部はなくなっていました。残されたカルテにも、薬剤名を書き換えたと思われる箇所が二、三ありました。

そういうことを考えますと、内科部長が医療事故の揉み消しに関与した疑いもありそうです。もしかしたら、病院ぐるみの隠蔽《いんぺい》工作だった可能性もあるかもしれません。いずれにしても、タクシー・ドライバーの死因が人体実験であったことは、完全に伏せられています。

死亡診断書には死因が急性心不全と書かれているだけで、原因欄には何も記述されていません。患者は甲状腺機能亢進《こうしん》病《びょう》の悪化で、入院されたわけです。心臓が弱かったわけではないのです。死因が急性心不全というのは、いかにも不自然です。

ちょうど四十歳の川手先輩は、優秀な内科医です。四十代の後半には、部長に昇進するでしょう。

当人は、なかなかの野心家です。小生は、そのことに危惧《きぐ》を抱いてしまうのです。川手ドクターは功名心に衝《つ》き動かされて、やってはいけない人体実験をしてしまったのではないでしょうか。仮説を立証したら、それは大変な手柄になりますので。

医大でも職場でも先輩である川手氏を内部告発するのは、ひどく気の重いことです。腐敗しきった現実から目を逸《そ》らすわけにはいきません。

何日か悩みましたが、こうして筆を執《と》った次第です。捜査には全面的に協力いたします。しかし、ですから、どうか何らかの形で小生の告発に応《こた》えていただきたいのです。

よろしくお願いいたします。乱筆乱文にて失礼いたします。

最上は便箋を折り畳んだ。

単なる中傷の手紙ではなさそうだった。便箋を封筒の中に戻し、内ポケットにしまった。

ほかの投書を段ボール箱の中に投げ込み、最上は椅子から腰を浮かせた。不起訴の書類は後で書けばいい。

（これからすぐに博愛会病院に行ってみよう）

最上は検事調室を出て、エレベーター・ホールに急いだ。

エレベーターを待っていると、誰かに軽く肩を叩かれた。最上は体ごと振り向いた。

綿引伸哉《わたびきのぶや》が立っていた。警視庁捜査一課の敏腕刑事だ。最上よりも、三つ年上だった。

「検事殿、どうもしばらくです」

やや小柄な綿引が、いつものように上目遣《づか》いで言った。掬《すく》い上げるような眼差《まなざ》しだった。

「綿引《ワタ》さん、その検事殿という言い方はやめてくださいよ。あなたのほうが年上なんですから」

「しかし、格はこっちが下です。そちらは検事殿で、こっちは警部補だ。力関係は、そちらのほうが強い。検察官は必要なら、警察官《サツカン》を手足として使えるわけですからね」

「そう言いながら、検事なんて捜査のド素人と思ってるんでしょ？」

「そこまで思い上がっちゃいませんよ。しかし、われわれ刑事には捜査のプロだという自負はあります」

「実際、その通りですよ。本部事件係のとき、おれは綿引《ワタ》さんにいろいろ教えてもらった。口に出したことはないが、密かに感謝してるんです」

最上は言った。すると、綿引が眉間《みけん》に皺《しわ》を寄せた。相手の言葉を疑っているときに必ず見せる癖だった。

「社交辞令なんかじゃありませんよ」

「検事殿がそうおっしゃるんなら、そういうことにしておきます。それはそうと、親父さん、残念でしたね」

「捜四から情報が入ったんだな」

「ええ、まあ。最上組は、どうなるんです？」

「今後のことは、まだ何も決めてないんです。もう少し親父の体が保《も》つと思ってたんでね」

最上は返事をはぐらかした。綿引の嗅覚《きゅうかく》は鋭い。うっかり不用意なことを口走ったら、とことんマークされる羽目になるだろう。

「わたしが検事殿なら、すぐにも地検を辞めて、最上組の跡目を継ぎますね。われわれがどう頑張ったって、所詮《しょせん》、歯車の一つです。その点、組長は魅力ですよ。一国一城の主ですからね。経済的には不安定でしょうが、好きなように生きることができます」

「現職刑事がそんなことを言ってもいいのかな？」

「別に問題はないでしょう。公務員にも、言論の自由は与えられてます」

「それはそうだ。綿引《ワタ》さん、いっそ私立探偵にでもなったら、どうです？」

最上は、からかい半分に言った。

「できたら、一匹狼になりたいですよ。しかし、そうもいきません」

「なぜなんです？」

「定収入のある生活とおさらばするわけにはいかない理由があるんです」

綿引がそう言って、こけた頰を撫《な》でた。表情は翳《かげ》っていた。

最上は無神経な言葉を口にしてしまった自分を心の中で罵倒《ばとう》した。綿引は二年前に指名手配中の強盗殺人者を追いつめ、発砲してきた相手を射殺している。綿引は法的には罰《ばっ》せられなかった。しかし、れっきとした正当防衛だった。当然のことながら、綿引は法的には罰せられなかった。しかし、公務上だったとはいえ、人ひとりを殺した事実は重い。

綿引に撃ち殺された男には、若い妻と三歳の娘がいた。同僚刑事から聞いた話によると、綿引は月々の俸給の中から十万円を強盗殺人犯の遺児に送り届けているらしかった。

最上は直《じか》に綿引に噂の真偽を確かめたことはない。しかし、事実だと確信している。

綿引は検察庁の人間に対してライバル意識を露《あらわ》にするが、根は骨っぽい男だ。正義感があり、誠実でもある。

「あなたの古傷に触れるつもりはなかったんだが、少しラフでした。勘弁してください」

「どの古傷のことを言ってるのかな？　わたしは野良犬みたいな生き方をしてきたんで、全身、古傷だらけですんでね」

「二年前の事件《ヤマ》に絡んだことにうっかり触れてしまったんです。そこまで言えば、もう察しがつくでしょう？」

「さあ、なんのことなのかな？」

「そんなふうにとぼけるのも、綿引《ワタ》さんの男の美学ってやつなんだろうな。おれ、そういうのは嫌いじゃありませんよ」

最上は言った。

「なんのことだか見当がつきませんが、検事殿にそんな言われ方をすると、尻《けつ》の穴がこそばゆくなってきますね」

「綿引《ワタ》さんも役者だな」

「役者？　わたしは、いつだって自然体で生きてるつもりですがね。何か隠してるとでも？」

「話題を変えましょう。きょうは、どんなことで地検に来られたんです？」

「先月、池袋《いけぶくろ》で発生したストーカーによる女子大生殺しの新事実を掴んだんで、担当の検事殿にご報告に」

綿引が答えた。

「ということは、いま綿引《ワタ》さんは池袋署に設置された特別捜査本部に出張《でば》ってるわけか」

「そうです」

「帳場が立ったのは、ちょうど一カ月ぐらい前だったよね？」

最上は問いかけた。警視庁が所轄署に特別捜査本部を設けることを刑事や検事は、帳場が立つという。隠語だ。

「ええ、丸ひと月になりますね。しかし、まだ真犯人《ホンボシ》を絞り込めてません。被害者《ガイシャ》の女子大生はキャバクラでバイトをしてて、けっこう男関係が派手だったんですよ」

「そうですか」

「検事殿も早く本部事件係に復帰してほしいな。そうすりゃ、また仕事をご一緒できますからね」

「もう復帰はできないと思うな。窓際でのんびり居眠りをさせてもらいますよ。それより、一緒に昼飯でもどうです？」

「担当検事殿と昼食を摂《と》る約束をしちゃったんですよ。その前に用を足そうと思って廊下に出たら、最上検事殿の後ろ姿が見えたんで、ちょっとご挨拶をと思ったわけです」

「トイレに行く途中だったのか。つい長話をしちゃって、申し訳ない。どうぞ手洗いに行ってください」

「そうさせてもらいます」

綿引が目礼し、手洗いのある方向に足を向けた。

最上はもう一度、エレベーターを呼ぶボタンを押し込んだ。綿引と話し込んでいる間に二度、エレベーターの扉は開いた。しかし、最上は会話を打ち切る気にはなれなかった。

待つほどもなく、函《ケージ》の扉が左右に割れた。

無人だった。最上はエレベーターで一階に降り、職員用の駐車場に急いだ。少し空腹感を覚えていたが、自分のボルボS40に乗り込む。車体の色は薄茶だった。二千ccのセダンだ。まだローンは払い終わっていない。

車を発進させ、外堀通りに出る。

目的の博愛会総合病院は、四谷見附《よつやみつけ》から少し奥に入った場所にあった。八階建ての大きな建物は外壁塗装したばかりらしく、白く輝いていた。

最上はボルボを外来用駐車場に入れ、病院の玄関ロビーに足を踏み入れた。

ロビーの左手にある会計窓口と薬の受け渡しカウンターの前に人の姿が見えるが、診療受付窓口は白いカーテンで閉ざされている。

最上は案内板に歩み寄った。

略図を見ると、内科の診療室は一階の右手奥にあった。最上は奥に進んだ。

内科の診療室は五つのブースに仕切られていた。それぞれのブースの前には、長椅子が五列ずつ並んでいる。しかし、患者の姿はひとりも見当たらない。

最上は真ん中のブースの受付窓口を覗き込んだ。

三十歳前後の丸顔の看護婦が机に向かって、何か書類に書き込んでいた。最上は看護婦に声をかけた。

「小室先生にお目にかかりたいんですが……」

「先生はおりません」

「学会か何かに出席されたために、出張されたのかな？」

「いいえ、そうではありません。失礼ですが、どちらさまでしょうか？」

看護婦が問いかけてきた。

「東京地検の者です」

「小室先生、何か法に触れるようなことでも？」

「いや、そうじゃないんです。小室さんが地検にある情報を提供してくれたんですよ。それで直《じか》にお目にかかって、先生から詳しいお話をうかがいたいと思ったわけです」

「そうなんですか。実は小室先生、無断欠勤してるんですよ。几帳面《きちょうめん》な方ですから、そういうことは一度もなかったんですけどね」

「小室さんのご自宅の住所を教えてもらえませんか」

最上は言った。相手が困惑顔になった。警戒の色もにじんでいる。

「これを見せれば、協力してもらえるかな？」

最上は身分証明書を提示した。

看護婦が黙ってうなずき、壁のフックからアドレス・ノートを外した。コの項を開き、メモ用紙にボールペンを走らせた。

手渡された紙片には、所番地と電話番号が書かれていた。小室の住まいは、杉並区和田《すぎなみくわだ》のマンションだった。

最上は看護婦に謝意を表し、ボルボに戻った。携帯電話を取り出し、小室の自宅に電話をしてみる。いくら待っても、先方の受話器は外れなかった。

最上は車をスタートさせた。

新宿通りを進み、伊勢丹の横を抜けて靖国《やすくに》通りに入る。そのまま青梅《おうめ》街道をしばらく走り、高円寺《こうえんじ》陸橋の数百メートル手前を左に折れた。

小室の住む『杉並スカイコーポ』は、女子美大の裏手にあった。七階建ての洒落《しゃれ》たマンションだった。

最上は車を裏通りに駐《と》め、マンションのエントランス・ロビーに入った。

オート・ロック・システムではなかった。管理人もいない。

小室の部屋は五〇三号室だ。

最上はエレベーターで五階に上がり、五〇三号室のインターフォンを鳴らした。なんの応答もなかった。

(留守なんだろうか)

最上は、試《ため》しにドア・ノブに手を掛けてみた。ノブは楽に回った。

部屋の主が施錠しないで外出したとは考えにくい。室内で何か異変が起こったのではないか。

最上は、あたりを素早く見回した。

人の姿はない。最上は室内に入り、奥に声をかけてみた。なんの反応もなかった。

「小室さん、ちょっとお邪魔しますよ」

最上は靴を脱いで、奥に歩を運んだ。

間取りは1LDKだ。リビングの電灯は点いていた。フローリングの床に、背広姿の男が俯《うつぶ》せに倒れている。

最上は、男に駆け寄った。首に電気コードが二重に巻きついている。三十二、三の男だ。小室だろうか。

最上は、倒れた男の首筋に触れてみた。冷たかった。すでに死後硬直を来たしている。

最上はハンカチを使いながら、男の所持品を検《しら》べた。車の免許証で、死者が小室大輔であることは確認できた。

（おそらく小室は内部告発したために、昨夜、帰宅直後に何者かに殺害されたんだろう。犯人は、川手という先輩ドクターなのか。それとも、病院に雇われた殺し屋《プロ》の仕業なのか）

最上は胸底で呟《つぶや》きながら、大急ぎで免許証をポケットに戻した。ひとまず現場から遠ざからないと、厄介なことになる。

最上は手に触れた物をハンカチで神経質に拭《ぬぐ》い、玄関ホールに走った。

靴を履《は》こうとしたときだった。

4

五〇三号室のインターフォンが鳴った。

最上は焦《あせ》った。いま誰かと顔を合わせるのは、できれば避けたい。

最上は息を詰め、ドア・スコープに顔を寄せた。

ドアの向こうに立っているのは、二十五、六の髪の長い女だった。健康的な美人だ。

何かのセールスではなさそうだった。女は首を傾《かし》げると、茶色いバッグの留金《とめがね》を外した。取り出したのは、キー・ホルダーだった。合鍵で部屋に入る気になったのだろう。

女は小室の恋人か、妹なのではないか。どちらにしても、姿を見られるのはまずい。

最上は大急ぎで自分の靴を持つと、目で隠れる場所を探した。

玄関ホールのすぐ横に、トイレがあった。だが、来訪者にドアを開け閉めする音を聞かれてしまうだろう。

トイレに接して浴室があった。ドアは半開きだった。

（バス・ルームの中に隠れよう）

最上は足音を殺しながら、浴室に近づいた。

半開きのドアを押すと、派手な物音がした。プラスチックの洗面器と腰掛けが洗い場のタイルの上に転げ落ちたらしい。

そのすぐあと、玄関ドアが開いた。

もう手遅れだ。最上は観念して、玄関ホールに戻った。ちょうど髪の長い女が後ろ手に青いスチール・ドアを閉めたところだった。

「ど、どなたなんですか⁉」

「怪しい者じゃありません」

「でも、靴なんか持って、変だわ」

「あらぬ疑いをかけられたくなかったんで、ちょっと隠れる気になったんです」

「空き巣なんでしょ、あなた！」

「違います。わたしは東京地検の検事です」

最上は靴を三和土《たたき》に置き、女に身分証明書を見せた。

「ほんとに検事さんなんですか？　そういう身分証明書なら、偽造できそうだわ」

「偽《にせ》検事じゃありませんよ」

「そう言われても……」

女は、まだ疑わしそうだった。

やむなく最上は、運転免許証も見せた。それで、ようやく相手に信じてもらえた。

「失礼だが、あなたは？」

「野口芽衣《のぐちめい》です」

「小室さんとは恋愛関係にある方ですね？」

「はい、婚約者です」

「お仕事は？」

「彼と、小室大輔さんと同じ病院に勤めています」

「女医さんですか？」

「いいえ、薬剤師です。あのう、どうして検事さんがこの部屋に？」

芽衣が訊いた。

「実は地検の刑事部に、小室さんから内部告発の手紙が届いたんです。それで博愛会病院に小室さんを訪ねたら、無断欠勤してるというんで、自宅にお邪魔したわけです」

「大輔さんは奥にいるんですね？」

「いることはいますが、小室さんはもう亡くなられてるんだ」

「悪い冗談はやめてください」

「冗談ではありません。玄関のドアがロックされてなかったんで勝手に室内に入らせてもらったら、小室さんがリビングの床に倒れてたんです。首には、電気コードが二重に巻きつけられてました。電灯が点いてましたから、小室さんはきのうの晩から未明の間に殺されたんだと思います」

最上は言った。

芽衣が悲鳴に似た声を放ち、パンプスを蹴るように脱ぎ捨てた。彼女は最上を押しのけ、まっすぐ居間に走った。

すぐに最上は、小室の婚約者を追った。リビングに入ると、芽衣は遺体に取り縋《すが》って涙声で喚《わめ》いていた。

「いやーっ、起きて！　大輔さん、起きてちょうだい」

「亡骸《なきがら》から離れたほうがいい。小室さんが殺害されたときの状態にしておかないと、警察は犯人を見つけにくくなるかもしれないんでね」

「大輔さん、目を開けて！　お願いだから、目を開けてよ」

「辛いだろうが、離れるんだ」

最上は芽衣を死体から引き剝《は》がした。芽衣はフローリングの床に泣き崩れた。

（いまは何を訊いても、とても答えられないだろう）

最上は屈《かが》み込んで、芽衣の震える肩を無言で軽く叩きつづけた。

嗚咽《おえつ》は高まる一方だった。十数分すると、芽衣は泣き熄《や》んだ。

「一一〇番通報する前に、あなたに教えてほしいことがあるんだ」

最上は芽衣を抱え起こし、ソファ・セットに導いた。向かい合う位置に腰かけ、封書ごと小室の手紙を芽衣に渡す。

芽衣はハンカチで目頭を押さえながら、内部告発の手紙を読みはじめた。つややかな長い髪は乱れていた。

やがて、芽衣が手紙を読み終えた。便箋を三つ折りに畳み、封筒の中にしまった。

「そこに書かれてることは、事実なんだろうか」

最上は問いかけた。

「一年ぐらい前に手術患者の取り違え事件があったことは確かです。それから、その事件後一カ月ほどして、カリホルニウム252が院内で紛失したことも間違いありません」

「去年の暮れに入院中のタクシー・ドライバーが急死したことは？」

「ええ、それも知ってます。でも、内科の川手先生が人体実験をしてた疑いがあるという話は大輔さんから聞いたことはありませんでした。院内にも、そうした噂は流れてなかったと思います」

「小室さんと川手氏の仲は、どうだったんだろう？」

「出身医大が同じでしたから、二人は割に仲がよかったですよ。川手先生は後輩の大輔さんには目をかけてた感じでしたし、大輔さんのほうも川手先生を頼りにしてるような面がありました」

「そういう間柄だったとすれば、小室さんが悪意をもって川手氏を陥《おとしい》れるなんてことは考えられないな」

「そういうことは絶対に考えられません」

芽衣が言葉に力を込めた。

「小室さんは、あまり出世欲はなかったのかな？」

「まったくなかったと言ってもいいと思います。彼は四十歳になったら、無医村か離島のドクターになりたいと本気で言ってたんです」

「赤ひげタイプだったんだな」

「ええ、そうでした。いつも大輔さんは、医は仁術だということを忘れてるドクターが多すぎると嘆いてましたから」

「そういうことを考え併《あわ》せると、川手氏がタクシー運転手に人体実験をしたことは間違いなさそうだな」

「そうなんでしょうか」

「小室さんの手紙によると、川手氏はなかなかの野心家らしいね。そのあたりのことは、どうなんだろう？」

「確かに上昇志向は強い方です。上司の内科部長の阿相将生《あそうまさお》先生を無能呼ばわりして、手塚孝仁《てづかたかひと》院長に取り入ってる気配がうかがえますからね」

「内科部長と院長のことをもう少し詳しく教えてほしいんだ」

最上は上着の内ポケットから、黒い手帳を取り出した。

「阿相先生は開業医タイプで、患者さんひとりひとりに病状を丁寧に説明して、診察にじっくり時間をかけるんです。薬も必要なものだけしか処方したがりません」

「要するに、良心的なドクターなわけだ？」

「ええ、そうですね。ただ、博愛会病院にしがみつこうとしてるというか、手塚院長には逆らうことがないんです。大輔さんは、そういうとこに少し焦《じ》れてるようでした」

「内科部長は生《は》え抜《ぬ》きなのかな？」

「いいえ、六年前に公立病院から引き抜かれたんです。ですけど、合理的な経営をめざしてる手塚院長は、きっと阿相部長をスカウトしたことを後悔してるにちがいありません」

「手塚院長は理事長も兼ねてるんだね？」

「ええ、そうです。ベッド数三百床を超える総合病院はたいてい院長と理事長が別々なんですけど、博愛会総合病院は手塚一族が経営権を握ってるんです。副理事長は奥さまですし、理事も院長の実弟や娘といった身内ばかりなんです。規模は小さくありませんけど、要するに個人病院ですよね」

芽衣が自嘲的に言った。大学病院か公立病院に対して、ある種のコンプレックスを抱いているのだろう。

「手塚院長は、いくつなの？」

「ちょうど六十歳です。阿相先生は、四十八、九だったと思います」

「話を元に戻すが、小室さんの最近の様子はどうだったんだろう？　何か思い悩んでるようには見えなかった？」

「言われてみると、去年の十二月中旬ごろから、彼は時々、急に暗い表情を見せたりしてましたね。先輩の川手先生を告発すべきかどうか、ひとり思い悩んでたのかもしれません。そういうときに、彼に深く塞《ふさ》ぎ込んでる理由を訊くべきでした。そうしてれば、こんなことにはならなかったのかもしれません」

「あなたが自分を責めることはないと思うな」

最上は慰めた。

「大輔さん、自分ひとりで悩んでないで、わたしに悩みを打ち明けてくれればよかったのに」

「小室さんは、婚約者のあなたを巻き込みたくなかったんでしょう。それだけ、あなたのことを想《おも》ってたんですよ」

「それにしても……」

芽衣が下を向き、喉の奥を軋《きし》ませた。啜《すす》り泣きは、ひとしきりつづいた。

芽衣の涙が涸《か》れると、最上はすぐに問いかけた。

「ほかに何か気づいたことは？」

「大輔さんは十二月の二十日前後に、医療問題に詳しいフリー・ジャーナリストに会いに行ったはずです」

「そのフリー・ジャーナリストの名前は？」

「えーと、確か石坂《いしざか》という姓でした。そうです、石坂敬明《たかあき》さんです。敬明という名の従兄《いとこ》がいるんで、下の名前まで記憶してたんです」

「そう。小室さんは石坂というフリー・ジャーナリストに、博愛会総合病院の医療事故や人体実験のことをペンで告発してもらう気だったんじゃないのかな」

「そうだったのかもしれませんね。しかし、石坂という方の協力を得られなかったんで、大輔さんは東京地検に内部告発の手紙を出したんじゃないかしら？」

芽衣はそう言いながら、切手の上に捺《お》された消印を見た。今月の十一日の日付になっていた。

「石坂というフリー・ジャーナリストの連絡先まではわからないだろうな？」

「ええ、そこまではわかりません。でも、大輔さんは、多分、石坂さんの名刺を持ってると思います。その名刺がどこかにあるはずです」

「そうだね。ところで、なぜ、あなたはここに来たんです？」

最上は訊いた。

「職場で大輔さんが無断欠勤してると聞いて、朝から何度もここに電話してみたんです。でも、いっこうに受話器が外れないんで、急に心配になってきたんです。それで仮病を使って、病院を早退《はやび》けさせてもらったんです」

「そうだったのか」

「あのう、そろそろ警察に連絡したほうがいいのではないでしょうか？」

芽衣が遠慮がちに言った。

「警察には、わたしが連絡しましょう。あなたは、ひとまず引き揚げたほうがいいな」

「なぜなんです？」

「多分、わたしが死体の第一発見者でしょう。小室さんと婚約してたあなたがここにいたら、捜査員たちはしつこく事情聴取をするはずです」

「それでも、かまいません。それで一日も早く警察の人が大輔さんを殺した犯人を捕まえてくれるなら、わたし、全面的に協力します」

「その気持ちもわかるが、警察は被害者と親しかった者に対しては、いろいろ根掘り葉掘り訊くものです。たとえば、あなたが月に何度ぐらい小室さんの部屋に泊まってるのかとか、最近喧嘩をしたことはないかとかね。それから、あなたの過去の男性関係も探《さぐ》られるだろうな」

最上は誇張気味に言った。芽衣のいるときに一一〇番するのは、何かと不都合だ。彼女を追い払って、何か手がかりを得たいと考えていたからだ。

「そんなことまで調べられるんですか!?」

「ええ、やるでしょうね。裏付けをとるために、あなたが以前親しくしていた男性にも刑事は会いに行くでしょう」

「そこまでされるのは迷惑だわ」

「でしょうね。婚約者がこんなことになって悲しみに沈んでるときに、そのような煩《わずら》わしい思いをすることはありませんよ。惨《むご》い言い方になるが、ここであなたが不快な事情聴取につき合っても、亡くなられた小室さんが生き還《かえ》るわけではありません」

「それはそうですけど」

「ご存じでしょうが、検事は警察の捜査をチェックする立場にあります。ここは、わたしに任せていただけませんか」

「わかりました」

芽衣がソファから立ち上がり、深々と一礼した。そのまま彼女は玄関に足を向けた。

最上は芽衣が部屋から出ていくと、利き手の指先にハンカチを巻きつけた。

改めて小室のポケットを探った。名刺入れはどこにも入っていなかった。最上はセミ・ダブルのベッドのある洋室に入り、クローゼットの扉を開けた。

コートや背広が掛かっていた。最上は、すべてのポケットを検《あらた》めてみる気になった。ほどなく黒革の名刺入れが見つかった。

フリー・ジャーナリストの名刺も入っていた。石坂の自宅は中野区東中野三丁目だった。マンション住まいだ。

最上は石坂の名刺を自分の上着のポケットに突っ込み、さらに小室の衣服のポケットを検《しら》べつづけた。

キャメル・カラーのウール・コートの左ポケットに、電子手帳が入っていた。友人や知人のアドレスだけではなく、行きつけの飲食店の電話も登録されていた。

（きっと何かの役に立つだろう。しばらく拝借させてもらおう）

最上は電子手帳を懐に突っ込み、なおも室内を物色しつづけた。

すべての引き出しを開け、家具の裏側まで覗いてみた。しかし、事件の手がかりになるような物は何も見当たらなかった。

（仕方ない、引き揚げよう）

最上は五〇三号室を出て、ドア・ノブをハンカチで拭った。自分の指紋を消すためだ。

自然な足取りでエレベーター乗り場に歩を進め、一階に降りた。いつの間にか、午後三時を過ぎていた。

最上はマンションを出ると、自分の車に乗り込んだ。

すぐにポケットフォンで一一〇番通報した。『杉並スカイコーポ』の五〇三号室で殺人事件が発生したことだけを告げ、すぐさま電話を切った。もちろん、名乗らなかった。

（病院に戻る前に、石坂ってフリー・ジャーナリストに会ってみよう）

最上はボルボを走らせはじめた。

住宅街を数百メートル進み、青梅街道に出た。中野坂上交差点を左折し、山手通りを直進する。道なりに行けば、東中野駅の横を抜けることになる。

石坂の自宅マンションは、中央線の線路の向こう側にあるはずだ。

最上は東中野駅の五、六百メートル先で、左に曲がった。目的のマンションは造作なく見つかった。かなり老朽化した六階建ての建物だった。

最上はボルボをマンションの斜め前に停めた。

フリーのジャーナリストなら、家にいそうだ。原稿を書いているかもしれない。電話をしないで、直接、部屋を訪ねることにした。

最上は車を降り、マンションに足を踏み入れた。エントランス・ロビーは埃《ほこり》っぽかった。

エレベーターで三階に上がる。石坂の部屋は三〇一号室だった。

最上は部屋のインターフォンを鳴らした。

ややあって、スピーカーから中年男の不機嫌な声が響いてきた。

「どなた?」

「東京地検の者です。フリー・ジャーナリストの石坂敬明さんですね?」

「ええ、そうです。地検の方がなんでここに?」

最上は確かめた。

「博愛会総合病院の小室さんをご存じですね?」

「ええ、まあ」

「小室さんのことで少しお話をうかがいたいんです」

「わかりました。少々お待ちください」

　スピーカーが沈黙した。

　室内でスリッパの音がしたかと思うと、黄色いドアが勢いよく開けられた。四十年配の男は厚手のセーターを着ていた。下は白っぽいチノクロス・パンツだった。どこかふてぶてしい面構《つらがま》えだ。

「石坂です」

「地検の最上という者です。あなた、去年の暮れに小室さんから何か協力を求められませんでした？」

「ああ、医療事故や人体実験のことでしょ？」

「そうです」

「小室さんがインターネットで内部告発の協力者を探してたんで、わたし、アクセスしたんです。それで、去年の十二月の二十一日の夜に新宿で小室さんにお目にかかりました」

「それで、どうされました？」

「小室さんの話が事実だったら、スクープものだなと震えがきましたよ。で、正月休み明けに早速、取材に取りかかったんです」

「病院関係者にお目にかかったのかな？」

「ええ、そうです。それから博愛会総合病院に出入りしてる製薬会社の人間にも当たってみたんですが、結局、裏付《ウラ》けは取れなかったんです。そのことを小室さんに言ったら、病院ぐるみで川手先生の人体実験を隠蔽《いんぺい》してるんじゃないかと言いました。ですけど、ほんとうに、そういう気配は感じられなかったんですよ」

「で、石坂さんは取材を打ち切ってしまったんですね？」

「ええ、そうです。月刊総合誌の特集の取材を控えてましたんでね。そうか、それで小室さんは東京地検に投書か何かをしたんだな」

「ええ、まあ。で、ちょっと内偵してみる気になったわけです」

最上は言った。

「偽情報《ガセネタ》だったなんて言うと小室さんは怒るかもしれませんけど、彼の話は一種の妄想だったんじゃないのかな。なにしろ、問題のタクシー運転手さんの死因が急性心不全だったことは、川手先生だけじゃなく、二人の看護婦さんが確認したという話でしたからね」

「病院側の話を鵜呑《うの》みにするのは少々、危険なんじゃないのかな？」

「検事さんは、わたしに喧嘩を売りにきたんですかっ」

石坂が気色《けしき》ばんだ。

「ま、ご冷静に！　警察情報で昨夜から今朝未明《けさ》にかけて、小室さんが杉並区内の自宅マンションで殺害されたことがわかったんですよ。そのニュースは、夕方にはテレビで報じられるでしょう」

「殺されたんですか。ということは、小室さんが内部告発したがってた事柄は事実なのかもしれないな。よし、再取材してみよう」

「取材し直すのは結構ですが、捜査当局の邪魔をされないように。お忙しいところをありがとうございました」

最上は礼を述べ、石坂に背を向けた。いくら粘っても、もう収穫は得られないと判断したのである。

最上はマンションを出ると、ボルボを四谷に走らせた。博愛会総合病院に着いたのは、午後四時過ぎだった。

院内に入ると、警視庁機動捜査隊初動班と所轄署の刑事たちの姿が目に留《と》まった。最上は川手の所在を確かめるつもりだったが、すぐに踵《きびす》を返した。

ボルボに乗り込むと、携帯電話が鳴った。

最上はポケットフォンを耳に当てた。すると、検察事務官の菅沼の小声が流れてきた。

「どこで油売ってるんですか？」

「部長がおれのことを探してるようだな」

「ええ。三十分おきに、最上はどこにいるんだと……」

「いま、四谷にいるんだ。これからすぐ霞が関に戻る。菅沼君、うまく言っといてくれ」

最上は電話を切り、イグニッション・キーを捻《ひね》った。小室の死の真相を暴《あば》けば、少しまとまった金を手にできそうだ。

最上はほくそ笑《え》み、ボルボを勢いよく走らせはじめた。

第二章　透《す》けた隠蔽《いんぺい》工作

1

捜査員たちは見当たらない。

報道関係者の姿もなかった。博愛会総合病院の一階のロビーだ。午後七時を回っていた。

最上はエレベーターに乗り込んだ。

いったん彼は検察庁合同庁舎に帰り、ふたたび病院を訪れたのである。殺された小室の事件は、早くもテレビ・ニュースになっていた。第一報によると、マンションの居住者は誰も不審な人物を目撃していないらしかった。

小室の遺体は、慶応大病院で明日の午前中に司法解剖されるだろう。そうなれば、何か事件を解く鍵を得られるかもしれない。

函《ケージ》が停止した。

四階だった。内科の入院病室フロアだ。

最上はエレベーターを降りた。エレベーター・ホールに接して待合室を兼ねた休憩室があり、その右手にガラス張りのナース・センターが見える。

真ん中の通路の両側には、病室が並んでいた。手前の病室は相部屋で、特別室は奥まった場所にあるようだった。

最上はナース・センターに歩み寄った。

夜勤の看護婦が六、七人、忙しそうに立ち働いている。最上は受付のブザーを押した。

四十二、三の看護婦が応対に現われた。

「ご面会ですか？」

「いいえ。東京地検の者です」

最上は身分証明書を短く提示した。

「小室先生の事件のことですね？」

「ええ、まあ」

「地検の方が、どうしてこちらに見えられたんでしょう？」

「殺された小室さんから、内部告発の手紙が寄せられてたんですよ」

「内部告発って、なんのことなんです？」

「去年の十二月に、入院中だったタクシー運転手が急死してますね？」

「ああ、神宮幹雄《じんぐうみきお》さんのことね。確か死因は急性心不全でした。それが何か？」

看護婦が問いかけてきた。

「小室さんは、その死因が不自然だと訴えてきたんです。神宮というタクシー・ドライバーは入院中に人体実験をされた疑いがあるとね」

「そんなことが行われたはずありません。神宮さんが亡くなられた晩、わたしは臨終を見届けたんですが、間違いなく心不全でしたよ」

「小室さんは、患者がインシュリン・ブドウ糖負荷試験をやられて急激に心臓を弱めてしまったのではないかと書いてます。それ以前には、マンニトールという薬剤も担当医の川手氏が投与したはずだと……」

「マンニトールなんて使ってないと思いますよ」

「神宮さんのカルテを見せてもらえませんか」

「わたしの一存ではカルテをお見せするわけにはいきません。内科部長のお許しがなければ、外部の方にお見せできないんです」

「部長は阿相さんでしたね？」

「はい、そうです」

「お取り次ぎいただけませんか」

「阿相はもう帰ってしまいました」

「川手さんは？」

「当直ですから、いることはいますけど」

「呼んでいただけますか」

最上は看護婦を見据えた。相手が考える顔つきになった。

「川手氏は、どこにいらっしゃるんです？　いる場所を教えてもらえれば、わたしが行きますよ」

「ご案内します」

看護婦が迷いを捩《ね》じ伏せるような口調で言い、ナース・センターから出てきた。最上は彼女の後に従った。

案内されたのは、エレベーター・ホールの左手の奥だった。手術室の向こう側に医局や当直室があった。

「ここでお待ちください」

看護婦は最上に言いおき、当直室の中に消えた。最上は、消毒剤臭い廊下にたたずんだ。

数分待つと、看護婦が当直室から出てきた。

「お目にかかるそうです。どうぞお入りください」

「お手数をかけました」

最上は看護婦に言って、当直室に入った。

奥のソファ・セットの近くに、白衣をまとった四十歳前後の端整な顔立ちの男が立っていた。

「東京地検の者です。川手さんですね？」

　最上は言いながら、男に近づいた。

「ええ、川手です。失礼だが、あなたのお名前は？」

「最上です」

「ま、お掛けください」

　川手がソファに目をやった。

　最上は軽く頭を下げ、ひとり掛けのソファに坐った。川手は長椅子に腰かけた。

「小室が内部告発の手紙をそちらに送ったとか？」

「ええ」

「その手紙、読ませてもらえませんか」

「いいでしょう」

　最上は上着の内ポケットから封書を取り出し、川手に手渡した。川手が憮然《ぶぜん》とした顔で便箋を引き抜き、文面を目で追いはじめた。

「煙草、喫《す》わせてもらいます」

　最上はひと言断って、セブンスターに火を点けた。気まずい空気が二人の間に横たわっていた。

　一服し終えたとき、川手が腹立たしげに言った。

「小室の奴、どうしてこんなでたらめを書いたんだろう」

「事実無根だとおっしゃるわけですね？」

「無根も無根ですよ。わたしが患者さんに人体実験をするわけないじゃありませんか。そんなことをしたら、医師の資格をただちに剝奪《はくだつ》されてしまいます。常識で考えてみてくださいよ。誰がそんな無意味なことをやるというんですっ」

「小室さんの手紙には、かなり具体的なことが書かれてますよね。インシュリン・ブドウ糖負荷試験とか、マンニトールなんて薬剤名も明記されてます」

「それが何だと言うんですっ。そんなことがいくら細かく書かれてても、わたしが人体実験をしたって証拠にはならんでしょ！」

「それは、おっしゃる通りですね。しかし、小室さんはカルテにも何らかの操作が加えられた疑いもあると……」

最上は語尾を濁した。

「わたしは開業医じゃないんです。担当医だからって、勝手にカルテの内容は変えられませんよ。部長や看護婦だって、カルテは見るんです」

「一応、カルテを見せてもらえませんか」

「部長や院長の許可が下りたら、いつでも神宮さんのカルテをお見せしますよ。しかし、二人が許可するとは思えないな」

川手が挑《いど》むような目を向けてきた。

「阿相部長と手塚院長に打診してもらえませんかね」

「それはかまいませんよ。明日、二人に訊いてみますが、まず無理でしょう」

「とにかく、お願いします」

「わかりました。小室が生きてたら、名誉毀損《きそん》で告訴したい気持ちです。実に不愉快な話だ」

「小室さんは、なぜ、このような手紙を地検に郵送してきたんでしょうね？」

最上は卓上に置かれた封筒と便箋を引き寄せ、さりげなく懐に戻した。

「小室は、わたしを妬《ねた》んでたんだろうな」

「妬んでた？」

「ええ、そうです。わたしがこの病院にいる限り、多分、小室は十五年先まで内科部長になるチャンスはなかったでしょう」

「ちょっと待ってください。小室さんの婚約者の野口芽衣さんの話によると、彼にはあまり出世欲はなかったということでしたがね」

「もう野口と会われたんですか」

川手は驚きを隠さなかった。

「ええ。小室さんは、いずれ無医村か離島で働きたいと言ってたそうですよ」

「あいつは、野口にそんなことを言ってたんですか。小室は自分が負け犬になりたくなかったんで、いずれ土俵を降りるつもりだったんでしょう。彼にも、人並の野心はあったはずです」

「それは、何とも言えないな。本気で、赤ひげを志願してたのかもしれませんよ」

「わたしには、そうは思えないな。きっと小室は、このわたしが邪魔だったんですよ。だから、東京地検にわたしを陥《おとしい》れるような手紙を出したんでしょう。わたしのイメージがダウンすれば、彼が十何年か先に内科部長になれるチャンスが生まれるわけですからね」

「あなたの言う通りだったとしたら、小室さんはなかなかの策士だな」

「ま、そういうことになりますね」

「小室さんは、誰に殺されたんだと思われます？」

「検事さん、まさかわたしを疑ってるんじゃないでしょうね？　疑ってるんだとしたら、見当違いも甚《はなは》だしいな。第一、わたしには小室を殺さなければならない理由がありませんよ」

「動機がないとおっしゃるわけだ」

「ええ、そうです。わたしは神宮さんの治療で何もミスはしてないし、もちろん人体実験なんて恐ろしいこともしてません。後輩の小室にポストのことで先を越されるような心配もありませんでした。それから、感情的な縺《もつ》れもなかったからね」

「なるほど。小室さんが何かトラブルに巻き込まれたなんてことは？」

「さあ、どうなのかな。職場では何も揉め事はありませんでしたが、プライベートなことでは何かあったのかもしれません。小室は、ちょっと酒癖が悪かったんですよ」

「酔うと、見境なく他人《ひと》に絡むタイプだったのかな？」

最上は訊いた。

「その通りです。彼は素面《しらふ》のときは穏《おだ》やかそのものなんですが、酒が入ると、とたんに目が据《す》わっちゃうんです。それで、周《まわ》りの人間に突っかかりはじめるんですよ。それだけストレスを溜め込んじゃってるんでしょうね」

「そうなんだろうか。それはそうと、石坂というフリー・ジャーナリストがこの病院に取材に来たと思うんですが……」

「ええ、来ましたよ。小室に焚《た》きつけられたようで、過去の医療事故のことや神宮さんの死因について、あれこれ訊いてきました。わたしだけじゃなく、病院関係者たちからも話を聞き回ってたようです。しかし、三、四日で姿を見せなくなりましたよ。小室の話に何も根拠がないことがわかったからでしょう」

川手がそう言い、わざとらしく左手首のロレックスに視線を落とした。

「何か予定がおありのようですね？」

「ええ、ちょっと」

「それじゃ、失礼しましょう。カルテの件、よろしくお願いします」

最上は立ち上がって、当直室を出た。

ナース・センターに引き返し、さきほどの看護婦に声をかけた。看護婦はすぐにやってきた。

「神宮さんの自宅の住所を教えてくれませんか。川手先生の諒解《りょうかい》を得てます」

最上は平然と嘘をついた。看護婦は怪しまなかった。

いったんナース・センターの中に戻り、神宮の自宅の住所をメモした紙切れを持ってきた。

最上は礼を言って、メモを受け取った。神宮の自宅は、新宿区百人町《ひゃくにんちょう》にある戸山団地だった。

最上は病院を出て、ボルボに乗り込んだ。遺族に会って、話を聞いてみることにした。

戸山団地に着いたのは、八時過ぎだった。

神宮の遺族は、中ほどに建つ棟の一階に住んでいた。最上はボルボを団地の敷地内に駐め、神宮の自宅に急いだ。

部屋のインターフォンを鳴らすと、四十四、五の太った女性がドアを開けた。

最上は身分を明かし、相手に確かめた。

「博愛会総合病院で亡くなられた神宮幹雄さんの奥さんでしょうか？」

「はい、そうです。東京地検の方が、なぜ来られたのでしょう？」

未亡人は不安げだった。最上は経緯《いきさつ》を語った。

「玄関先じゃ何ですから、どうぞお上がりください」

「それでは、お邪魔します」

「狭い所ですが……」

神宮の妻が案内に立った。

最上は奥の六畳の洋室に通された。人工皮革の安っぽいソファ・セットが置かれている。

未亡人は最上をソファに坐らせると、すぐに部屋を出ていった。茶の用意をする気なのだろう。

少し待つと、神宮の妻はひとり分の緑茶を運んできた。最上は向かい合う位置に坐った未亡人に、小室の手紙を読ませた。

「やっぱりね」

未亡人は便箋から顔を上げ、下唇をきつく噛んだ。

「奥さんもご主人の死因に何か納得できないものをお感じになってたんですね？」

「ええ。主人が入院中に診断治療とは関係ないような検査が七、八回あったんです。たとえば、血液を三十ccも採取したり、脳下垂体を調べたりね。それから糖尿の気《け》なんかなかったのに、インシュリンの点滴もされたんですよ。そうこうしてるうちに、主人は心臓が痛いと言い出したんです。それから一時間も経《た》たないうちに、急死しちゃったの」

「そのとき、立ち会われたのは？」

「担当医の川手先生、それから黒沢、谷という二人の看護婦さんでした。検事さん、うちの主人は手紙に書かれてるように、人体実験で殺されたのかもしれません。どうか徹底的に調べてください」

「もちろん、そのつもりです。内部告発をした小室さんが自宅マンションで殺害されたことは、もうご存じでしょ？」

「えっ、あの先生、殺されたんですか⁉　いつのことなんです？」

「昨夜から、きょうの未明の間でしょう。事件のことは夕方のテレビ・ニュースで報じられてましたよ」

「忙しくてテレビ・ニュースを観《み》てる時間もないんですよ。わたし、新聞配達のあと、近くのクリーニング屋で働いてるんです。家に帰ったら、炊事に追われて、それこそ息つく暇もない状態でね。主人が急死しちゃったんで、わたしが稼がなくちゃならないでしょ。二人の子供は、まだ学生なんですよ」

「大変ですね。いただきます」

最上は緑茶をひと口飲んで、すぐに言い重ねた。

「小室さんは、どんな人でした？」

「あの先生は優しい方でした。主人の担当医でもないのに、回診のときは必ず声をかけてくださったの。あんないい先生が殺されただなんて……」

未亡人は声を詰まらせた。

それから間もなく、最上は辞去した。ボルボに乗り込み、玲奈のマンションに向かう。

戸山団地を離れて大久保通りに出たとき、最上は後続の白っぽいクラウンが気になった。団地の外周路の暗がりに、同じ車種の車が停まっていたからだ。

誰かに尾行されているのか。

最上は車のスピードを上げた。

後続のクラウンも加速した。今度は減速してみる。怪しい車も同じように速度を落とした。

（やっぱり、尾《つ》けられてるようだな。正体を突きとめてやろう）

最上は北新宿二丁目で車を左折させた。

不審な車は追尾《ついび》してくる。

最上は青梅街道を突っ切り、新宿中央公園の真裏にボルボを停めた。ごく自然に車を降り、公園の中に入る。

尾行者を園内に誘い込み、少し痛めつけてみる気になったのだ。最上は学生時代に多国籍格闘技《マーシャルアーツ》を習っていた。

マーシャルアーツを直訳すれば、武道という意味になる。最上が習っていた格闘技は俗にアメリカ空手とも呼ばれ、日本の空手、キック・ボクシング、韓国のテコンドー、中国のカンフーなどを融合させた多国籍格闘技だ。突き技と蹴り技が主体だった。

最上は遊歩道を短く走り、繁みに身を隠した。そのまま十分ほど待ってみたが、不審な人物は追ってこない。

さらに五、六分待ってから、最上は新宿中央公園を走り出た。白っぽいクラウンは、どこにも見当たらない。どうやら相手に覚《さと》られてしまったようだ。

（今夜は、もう尾けられないだろう。玲奈をあまり待たせるのは気の毒だ）

最上はボルボに駆け寄った。

2

寝室の空気が腥《なまぐさ》い。

情事の名残《なごり》だ。最上はベッドで紫煙をくゆらせていた。玲奈の寝室である。

時刻は午前零時近かった。

玲奈は最上の横で、胎児のように裸身を丸めている。五度も極みに達し、疲れ果ててしまったのだろう。

最上は腹這《はらば》いになって、短くなったセブンスターを灰皿の底に捻《ひね》りつけた。火が消えたとき、急に玲奈が最上の背に火照《ほて》った頬を押しつけてきた。

「女殺し……」

「え？」

「わたし、もう男なしでは生きられない体になっちゃったわ。あなたのせいよ」

「おれも女なしじゃ、生きていけないな。玲奈のせいだぜ」

最上は調子を合わせた。

「調子がいいんだから」

「ほんとうにそう思ってるんだ。きみの昔の男は、優れた調教師だったんだろうな」

「あっ、ルール違反よ。お互いに過去の恋愛には触れないって約束だったでしょ」

「そうだったな、つい忘れてた。悪い、勘弁してくれ」

「今回に限り赦《ゆる》してあげる。五回もエクスタシーを味わわせてもらったから」

「女はいいよな、何度も昇りつめることができるんだから。男は、そうはいかない」

「女はいろいろハンディをしょってるんだから、それぐらいはいいんじゃない？」

「それもそうだな」

「話は違うけど、小室殺しの事件を本格的に調べてみたら？」

玲奈がそう言いながら、人差し指で最上の肩胛骨《けんこうこつ》をなぞりはじめた。最上はベッドで睦《むつ》み合う前に玲奈に小室の手紙を見せ、これまでの経過をつぶさに話したのである。

「そうするつもりだよ」

「わたし、協力するわ。カリホルニウムの紛失もそうだけど、人体実験は絶対に赦《ゆる》せないもの」

「そうだな」

「ね、税務調査という名目で博愛会総合病院に潜《もぐ》り込んで、死んだ神宮幹雄という男のカルテを盗み出そうか？」

「いや、きみにそこまではさせられない。カルテは、おれが何とか手に入れる」

「そう。何か手伝えることがあったら、いつでも声をかけて。悪人狩りは愉《たの》しそうだもの」

「そのうち玲奈の手を借りることになるかもしれない。そのときは、ひとつ頼むよ」

「ええ、いいわ」

「さて、シャワーを浴びるか」

「駄目よ、まだ」

「まだ物足りないのか」

「ちょっとね」

「しかし、もうパワー・ダウンしちゃってる。もう一ラウンドこなせるかな」

「僚さんは何もしなくてもいいの。人形みたいに仰向けに横たわってて」

玲奈がそう言って、いったんベッドから降りた。

最上は言われた通りに大の字になった。すぐに玲奈が最上の足許に這いつくばり、股間に顔を寄せてきた。

最上はペニスの根元を五、六度強く握り込まれた。欲望がめざめた。玲奈が唇を被《かぶ》せてきた。

彼女の舌は、さまざまに変化した。昆虫になり、鳥になり、蛇になった。最上は、たちまち反応した。

ハード・アップすると、玲奈がせっかちに跨《また》がってきた。すぐに彼女は自分の中に最上を導いた。

最上の昂まりは襞《ひだ》に包まれた。

玲奈が恥毛の底の小さな突起を愛撫しながら、腰を弾ませはじめた。上下に動き、秘めやかな肉を擦《こす》りつけるようにヒップを大きく旋回させる。

最上は両腕を伸ばした。

左腕を宙に留《と》め、右手で結合部を探った。玲奈がすぐに肉の芽から指を離し、両手で最上の左腕を摑んだ。

最上はこりこりに痼《しこ》った突起を刺激しながら、リズミカルに腰を突き上げた。

玲奈の体は暴れ馬に跨った騎手のように不安定に揺れた。二つの乳房は大きく跳ねた。

最上はそそられ、さらにダイナミックに動いた。

玲奈の背が弓形に反《そ》りはじめた。閉じた瞼《まぶた》の陰影が徐々に濃くなっていく。眉根《まゆね》は切なげに寄せられている。半開きの口の奥では、舌がくねくねと妖《あや》しく舞っていた。

最上は下から突きまくった。

玲奈はピルを服《の》んでいる。このまま射精しても、別に問題はない。

「あふっ、またよ。わたし、また……」

玲奈が掠《かす》れ声で口走り、大胆に腰をくねらせた。

最上も大きく動いた。ベッドマットは弾み通しだった。

ほどなく玲奈は高波に呑《の》まれた。

悦楽の声は大きかった。最上も放った。射精感は鋭かった。

玲奈は体を幾度か硬直させると、ゆっくり最上の胸に倒れ込んできた。うっすらと汗ばんでいた。

「タンクを空っぽにさせられちまったな」

最上は玲奈を両腕で抱きしめた。

二人は一つになったまま、余韻に身を委《ゆだ》ねた。玲奈の内奥《ないおう》は、きゅっとすぼまっていた。鼓動に似たビートがペニスに規則正しく伝わってくる。

やがて、二人は結合を解《と》いた。

玲奈はティッシュ・ペーパーの束を股に挟むと、死んだように動かなくなった。最上は体を拭《ぬぐ》い、浴室に向かった。

ざっとシャワーを浴び、寝室に戻る。玲奈は小さな寝息を刻んでいた。

最上は玲奈に毛布と羽毛蒲団を掛け、身繕《みづくろ》いをした。

走り書きを残し、抜き足で玄関に急いだ。二人は互いに部屋の合鍵を預け合っていた。

最上は部屋のドアをきちんとロックし、マンションを出た。ボルボに乗り込み、飯田橋の自宅マンションに向かった。

塒《ねぐら》に戻ったのは、午前一時半ごろだった。

車をマンションの駐車場に入れようとしたとき、最上は数十メートル離れた路上に見覚えのある白っぽいクラウンが停まっているのに気づいた。

（今度こそ、尾行者の正体を突きとめてやる）

最上は大急ぎで五階の自分の部屋に行き、電灯のスイッチを入れた。すぐに駐車場に戻り、マンションの前の通りをうかがう。

クラウンのヘッドライトが灯《とも》された。張り込みを打ち切る気らしい。

最上はクラウンが大通りに向かったのを目で確かめてから、ボルボに乗り込んだ。たっぷり車間距離をとりながら、クラウンを追跡しはじめた。

怪しい車は春日《かすが》通りに出ると、池袋方面に向かった。最上は常に一、二台の車を挟みながら、クラウンを追尾しつづけた。

マークした車は明治通りにぶつかると、右に曲がった。しばらく直進し、西巣鴨《にしすがも》交差点を左折して白山《はくさん》通りに入った。

まっすぐ帰宅するのか。それとも途中で、誰かと会うことになっているのだろうか。

クラウンは板橋区の仲宿から中山道《なかせんどう》に折れ、七、八百メートル先にあるファミリー・レストランの広い駐車場に入った。

最上はボルボを中山道の路肩に寄せ、ハザード・ランプを明滅させた。すぐに車を降り、ファミリー・レストランの広い駐車場に走り入った。

白っぽいクラウンは中ほどに停められた。

最上は駐車中の車に身を隠しながら、慎重にクラウンに接近した。クラウンの運転席から降りたのは、四十四、五の男だった。

猫背で、冴《さ》えない中年男だ。ツイードの上着の下に、毛糸のヴェストを着込んでいる。スラックスの折り目は消えていた。

男は寒風に身震いしながら、急ぎ足でファミリー・レストランの中に入っていった。最上はクラウンのナンバーを手帳に書き留め、中腰でレストランに近づいた。

嵌《は》め殺しのガラス窓から店内は丸見えだ。

猫背の中年男は奥のテーブル席についた。そこには、額の禿《は》げ上がった五十年配の男が坐っていた。

猫背の男は、どこか卑屈《ひくつ》に見えた。待っていた男は逆に尊大だった。

クラウンを運転していた男は注文したコーヒーが届くと、急に上体を前に傾けた。五十男に何か報告している様子だった。先に店に来ていた男は相槌《あいづち》を打ったり、うなずくだけだ。

男たちの密談は短かった。

二十分ほど経つと、脂《あぶら》ぎった印象を与える五十男が先に腰を上げた。最上は物陰に身を潜《ひそ》めた。

待つほどもなく五十男が外に出てきた。スリー・ピースに身を包んだ男は駐車場の奥まで歩き、黒塗りのセルシオに乗り込んだ。

残念ながら、暗くてナンバー・プレートの数字は読めない。セルシオは、じきに駐車場から出ていった。

最上はプレートに目を向けた。ナンバー・プレートの数字は、頭の二字しか読み取れなかった。

(猫背の男を少し痛めつけてみよう)

最上は白っぽいクラウンの背後に走り入った。

猛烈に寒い。体の芯まで凍《こご》えそうだ。

十分ほど待つと、猫背の男がファミリー・レストランから現われた。最上はトランクの陰に屈《かが》んだ。

猫背の男がクラウンに駆け寄った。

ドア・ロックを解いている最中に、最上は相手の腰をタックルした。男は呆気《あっけ》なく横倒れに転がった。

最上は猫背の男をクラウンの真後ろに引きずり込み、まず相手の顎《あご》の関節を外した。

男が両手で頬全体を押さえ、体を左右に振った。喉の奥で唸っている。

駐車場の裏には、コンクリートの万年塀が張り巡らされていた。隣のビルとの間は、十メートルほど離れている。

最上は猫背の男の脇腹と側頭部を蹴った。

速い連続蹴りだった。男が手脚《てあし》を縮め、転げ回った。

最上は相手の上着の内ポケットを探り、名刺入れを摑み出した。ライターの炎で照らしながら、中身を検べる。

同じ名刺が二十枚ほど入っていた。ゼネラル興信所所長、泊栄次《とまりえいじ》と印刷されている。興信所の所在地は東池袋になっていた。

最上は名刺を一枚だけ自分のポケットに入れ、残りをそっくり名刺入れに戻した。名刺入れを男の懐に突っ込み、顎の関節を元通りにしてやる。

男が長く息を吐いた。

「おれを尾けてたなっ」

「………」

「まだ粘る気なら、今度は両腕の関節を外すぞ」

最上は威《おど》して、泊の腰を蹴った。泊がまた四肢を縮め、低く唸った。

「どうする？」

「もう乱暴なことはしないでくれ」

「依頼人は誰なんだっ」

「そ、それだけは言えない。勘弁してくれないか」

「時間稼ぎはさせないぞ」

最上は泊の腹に膝落としを見舞った。泊が動物じみた声をあげ、叫ぶように言った。

「福田さんに頼まれたんだよ」

「そいつは何者なんだ？」

「博愛会総合病院の事務長だよ、福田さんは」

「フル・ネームは？」

「福田政臣《まさおみ》さんだよ」

「事務長の依頼内容を詳しく喋ってもらおうか」

「福田さんは、内科の小室というドクターと接触したがってる人間がいたら、そいつの素姓を突きとめてもらいたいと言ったんだよ。それで、二週間ぐらい前から小室ドクターに貼《は》りついてたんだ。わたしはきのう、おたくの姿を『杉並スカイコーポ』で見たんだよ。そんなわけで、おたくを尾けてたんだ」

「一緒にコーヒーを飲んでたのが福田なんだな？」

「ああ。福田さんはおたくが小室ドクターを殺したのかもしれないから、もう少し尾行してみてくれと……」

「おれは小室さんを殺《や》っちゃいない。五〇三号室を訪ねたときは、もう小室さんは殺害されてたんだ」

最上は言った。

「そうだったのか。てっきりおたくが小室ドクターを殺したんだと思ってたが」

「小室大輔を殺《や》ったのは、おそらく博愛会総合病院の人間だろう」

「ま、まさか⁉」

「小室は、病院のマイナス材料を握ってたんだ。だから、葬《ほうむ》られたんだろう」

「マイナス材料？」

「福田って事務長から何も聞いてないようだな」

「事務長は、小室ドクターが怖《こわ》い筋に拉致《らち》される心配があるんだと言ってたが、そうじゃないんだね？」

「ああ。小室は、あることで病院を内部告発しかけてたんだよ。だから、殺《や》られたんだろう。ところで、探偵さん、もうおれの正体を突きとめたのか？」

「ボルボのナンバーから、氏名や現住所は洗い出したよ。おたく、最上僚さんだよな？」

「ああ、そうだ。職業は割り出せたのか？」

「いや、それはまだだよ。新宿中央公園のあたりで尾行に気づかれたと思って、調査を中断させたからね」

泊が答えた。

「なら、教えてやろう。おれは東京地検刑事部の検事だ」

「検事だって⁉」

「ああ、そうだ。これ以上、おれにつきまとったら、こっちも手を打つぞ」

「手を打つって？」

「あんたの体を叩きゃ、いくらでも埃が出るんじゃないのか。え？」

「危《ヤバ》いことなんか何もやっちゃいませんよ」

「それなら、知り合いの刑事に何日か泊さん、あんたをマークしてもらってもいいな。埃が出ないようなら、何か罪をでっち上げてもらって、手錠《ワッパ》打ってもらおう」

「やめてくださいよ、そんなこと」

「なら、おれを尾行するのはやめるんだな」

「しかし、福田さんから着手金をたっぷり貰っちゃってるから、調査をしないわけにはいきませんよ」

「福田には適当な報告をしとけ」

「そう言われてもな」

「おれに協力する気がないんだったら、明日から知り合いの刑事を貼りつかせるぜ」

「わかりましたよ。もう検事さんを尾《つ》けたりしません」

「いい心がけだ。約束を破ったら、今度はあんたの両腕をへし折るぜ」

「検事さんが暴力を使ってもいいんですかっ」

「おれが暴力を振るったって証拠はあるのかな？　あんたは、チンピラにぶっ飛ばされた。おれは、この目で見てたんだよ。あんたが警察に駆け込むなら、おれが証人になってやろう」

「やくざみたいな検事だな」

「当たりだ。おれは、やくざでもあるんだよ。福田に余計なことを言うんじゃねえぞ」

最上は言い残して、泊から離れた。

3

弔《とむら》い客は疎《まば》らだった。

小室大輔の通夜は、世田谷区上用賀《かみようが》五丁目にある実家で執《と》り行われていた。豪壮な邸宅だった。故人の父親は、精密機器会社のオーナー社長である。

最上は、小室邸の近くの暗がりに立っていた。午後八時過ぎだった。

弔問客の姿を見かけると、最上は新聞記者になりすまして必ず声をかけた。しかし、事件の解明に結びつくような情報は得られなかった。

司法解剖の結果、小室はおとといの午後十時から十二時の間に絞殺されたことが判明した。凶器の電気コードからは、被害者の指紋しか検出されなかった。

室内からも、犯人の遺留品は発見されなかった。ただ、玄関ドアの鍵穴の一部が欠けていた。

犯人は特殊な道具で無理に鍵を抉《こ》じあけ、帰宅したばかりの小室の首に背後から電気コードを二重に巻きつけて、一気に絞めたようだ。小室の頸骨《けいこつ》は折れていたらしい。

それらの情報を最上は午後二時過ぎに所轄署の知り合いの刑事から聞き出していた。

その刑事の話だと、事件当夜、マンションの居住者は誰も不審な人物を見かけなかったという。また、五〇三号室で人の争う物音を耳にした者もいなかったそうだ。

(殺し屋《プロ》の仕業《しわざ》のようだな)

最上は焦茶《こげちゃ》のスエード・ジャケットの襟《えり》を立て、煙草に火を点けた。

一時間以上も前から同じ場所に立っていたが、博愛会総合病院の手塚院長、阿相内科部長、川手の三人は未《いま》だに訪れない。故人の同僚だった若い医師や看護婦たちはすでに焼香を済ませて、三々五々散っていった。

小室の婚約者の野口芽衣は、遺体のそばにいるはずだ。

(事務長の奴、いつまでおれを待たせる気なんだ)

最上は煙草を喫いながら、足踏みしはじめた。

夜気は刃《やいば》のように尖《とが》っていた。足許から鋭い寒気が這い上がってくる。

最上は事務長の福田が現われたら、暗がりに引きずり込んで痛めつける気でいた。

セブンスターを半分ほど灰にしたころ、銀灰色のロールス・ロイスが低速で近づいてきた。弔問客だろう。

最上は小室邸の生垣《いけがき》の際《きわ》まで退《さ》がって、煙草の火を踏み消した。ロールス・ロイスは小室邸の門の少し先で停まった。

最上は目を凝《こ》らした。

ロールス・ロイスから三人の男が降り立った。最初に姿を見せたのは、川手秀司だった。

その次に降りたのは、四十七、八の男だ。川手は、その男に部長と呼びかけていた。内科部長の阿相将生だろう。

最後に車から出てきたのは、六十年配の銀髪の男だった。院長の手塚孝仁と思われる。

黒のフォーマル・スーツを着た三人は、すぐに邸《やしき》の中に消えた。ロールス・ロイスの中には、初老の運転手だけが残った。

(事務長の福田は、なぜ来ないんだ？　疚《やま》しくて、来られないいんだろうか)

最上は胸底で呟いた。

そのすぐあと、懐で携帯電話が打ち震えた。最上はポケットフォンを耳に当てた。電話の主は、代貸の亀岡だった。

「若、いま『つわぶき』の女将《おかみ》が根津に見えてるんですよ」

「親父が面倒を見てた清水郁美さんだね？」

「そうでさあ。女将、何かに役立ててくれって現金《ゲンナマ》一千万円を持ってきたんです。亡くなった組長《オヤジ》さんから貰った手当をそっくり貯金してたっていうんでさあ。若、どうしやしょう？」

「その金は郁美さんのものだ。受け取るのは、まずいな」

「あっしもそう言ったんですが、女将、何がなんでも受け取ってくれって」

「亀さん、郁美さんはまだ家にいるんだね？」

「ええ、客間にいます」

「それじゃ、郁美さんを電話口に出してもらえないか」

最上は言った。亀岡の声が途切れた。

少し待つと、郁美のしっとりとした声が流れてきた。

「お電話、替わりました」

「話は亀さんから聞きました。あなたのお気持ちはありがたいが、一千万円は受け取るわけにはいきません。金を受け取ったりしたら、親父があの世から戻ってきて、『おれに恥をかかせやがって』なんて言いながら、ドスを振り回すでしょう」

「あなたのお父さまには、高価な着物や宝石もいただいたの。おかげさまでお店はうまくいってますんで、お手当はいずれお父さまにお返しするつもりだったんです。ですから、何かに役立ててほしいの」

「あなたのお気持ちだけいただきます」

最上は言った。

「こういう言い方は失礼だとは思いますけど、最上組は経済的には大変なんでしょ？」

「遣り繰りは楽じゃないようです。しかし、わたしが何とかします」

「三代目をお継ぎになられるお気持ちになられたの？」

「ええ。親父の遺言テープを聴かされたんで、逃げられなくなっちゃったんですよ」

「わたし、余計なことをしてしまったのかしら？」

「別にあなたのせいじゃありません。テープで親父が言ってたように、二十七人の組員の身の振り方が決まるまでは組は解散できないなと思ったんです」

「そうですの。でも、検事さんが賭場《とば》を張るわけにはいきませんよね。どうやって組員の方たちの面倒を？」

「何か新しいビジネスをはじめるつもりです。実は、もう青写真はでき上がってるんですよ」

「それじゃ、お持ちした一千万円は事業資金の一部に充《あ》ててくださいな」

郁美が言った。

「開業資金は、ほとんど必要ないんです。わたしのアイディアを金に換えようと考えてるんですよ」

「何か特許権でも申請されるおつもりなのね？」

「ええ、まあ。そういうことですから、お金はお持ち帰りになってください。わたしにも三代目の面子《メンツ》がありますんでね」

「わかりました。差し出がましいことをしてしまって、申し訳ありませんでした」

「いいえ、気になさらないでください。あなたのご厚意は嬉《うれ》しかったですよ。納骨のときは、あなたもぜひ立ち会ってください。お願いします」

最上は終了キーを押し、携帯電話をスエード・ジャケットの内ポケットに戻した。

それから数分すると、川手たち三人が小室邸から出てきた。三人は、そそくさとロールス・ロイスに乗り込んだ。ロールス・ロイスは走り去った。

川手たち三人は義理で通夜の席に顔を出しただけなのだろう。故人の死を悼《いた》んでいたら、これほど早く辞去する気にはならないはずだ。

(福田が来るまで辛抱強く待つか)

最上は少し離れた路上に駐めてあるボルボに駆け戻り、すぐにエンジンをかけた。カー・エアコンの設定温度も二十五度まで上げた。

車内が暖まったころ、小室邸から髪の長い女性が走り出てきた。

芽衣だった。黒っぽいスーツの上に濃いグレイのウール・コートを羽織《はお》ると、彼女は足早に広い表通りに向かった。ボルボとは逆方向だった。

通夜の席を抜け出して、いったい野口芽衣はどこに行く気なのか。

(よし、彼女を尾けてみよう。福田は明日、締め上げればいい)

最上はライトを点け、ボルボを低速で走らせはじめた。

いつの間にか、芽衣は小走りに走っていた。よっぽど先を急いでいるのだろう。ほどなく彼女は環八《かんぱち》通りに出た。左に曲がった。

最上はスピードを上げた。

環八通りに出ると、三、四十メートル先に見覚えのある黒塗りのセルシオが路肩《ろかた》に停止していた。福田の車なのか。

あろうことか、芽衣がセルシオの助手席に乗り込んだ。警戒している様子はない。運転席にいるのは、やはり福田なのだろうか。

（これは、どういうことなんだ⁉）

最上は、わけがわからなかった。

セルシオが走りだした。芽衣は小室と婚約しながらも、事務長の福田と親密な交際を重ねていたのだろうか。

殺された小室がフリー・ジャーナリストの石坂に協力を求めたことや東京地検に内部告発の手紙を出した事実は、芽衣の口から福田に伝わったのか。医療事故や人体実験のことが表沙汰《おもてざた》になったら、博愛会総合病院は経営危機に陥る。

そこで焦《あせ》った福田は私立探偵の泊を雇って、小室と接触する人物をチェックさせていたのかもしれない。そうだとしたら、芽衣はとんでもない悪女ということになる。

しかし、まだ単なる憶測《おくそく》にすぎない。同じ職場の人間の車に芽衣が無防備に乗ったからといって、彼女が福田と邪《よこし》まな関係だとは断定できない。第一、セルシオのステアリングを捌《さば》いているのが福田だと確認したわけでもなかった。

（芽衣は腹黒い女には見えなかった。彼女を疑うのはよそう）

最上はそう思い直し、前を行くセルシオを追尾しつづけた。

セルシオは瀬田《せた》交差点を右折し、玉川通りの下り車線に入った。二子橋《ふたこばし》を越えると、今度は左に折れた。

二子新地《ふたこしんち》だ。昭和三十年代末まで三業地として栄えた場所だが、いまは料亭はない。連れ込み旅館を兼ねた川魚料理の店が数軒あるだけだ。カラオケ・パブやスナックの軒灯が侘《わび》しく灯《とも》っている。

セルシオは数百メートル先の割烹《かっぽう》旅館の車寄せに横づけされた。

最上は割烹旅館の入口付近で車を停め、車寄せに目を向けた。

セルシオの運転席から降りたのは、額の禿げ上がった五十男だった。紛《まぎ》れもなく福田だ。

芽衣も車を降りた。福田は芽衣を従えて、割烹旅館の中に吸い込まれた。

芽衣はどこか不安げだったが、福田と一緒に館内に消えた。ということは、二人は男女の関係なのだろうか。

ふたたび芽衣を怪しむ気持ちが最上の中に生まれた。すぐに彼女に対する疑惑を打ち消したが、不審の念は完全には萎《しぼ》まなかった。

最上はボルボを割烹旅館の黒塀《くろべい》に寄せ、煙草をくわえた。小一時間したら、館内に踏み込んでみるつもりだった。

検事であることを明かせば、旅館側も二人のいる部屋を教えてくれるだろう。福田と芽衣はどんな顔をするだろうか。

二人の反応を見れば、その関係の深さはひと目でわかるだろう。最上は、芽衣が死んだ小室を裏切っていないことを祈りつつ、紫煙をくゆらせた。

数十分が過ぎたころ、十五、六の少女がパワー・ウインドーを軽くノックした。

髪は黄色と緑のメッシュで、顔は小麦色だった。マイクロ・ミニの真紅のスカートを穿《は》いている。靴は流行の厚底ブーツだ。ヒールは十四、五センチありそうだった。

「何だい？」

最上はウインドー・シールドを下げ、少女に問いかけた。

「悪いけど、一緒に落とし物を探してくんない？」

「何を落としたんだ？」

「ちっちゃいお財布。すぐそこの路地で落としたようなんだけどさ、あたし、近眼だから、なかなか見つからないのよ。財布を見つけてくれたら、ホテルにつき合ってあげる」

「いくつなんだ？」

「十八よ」

「十五、六にしか見えないな」

「えへへ。ほんとは高一なんだ。あんまし学校に行ってないけどね。あたし、まだガキかもしんないけどさ、おフェラはわりかし上手なんだ」

少女が得意げに言った。

「小遣いが足りなくなると、おじさんたちとホテルに行ってるようだな」

「月に二、三回ね。でも、おじさんはイケてるから、お金はいらない。その代わり、ホテルに行く前にあたしの財布を見つけてね」

「ホテル行きはノー・サンキューだ。財布だけ探してやろう」

最上は車を降りた。

少女が危なっかしい足取りで案内に立った。

最上は導かれ、数十メートル先の路地に入った。暗かった。

「多分、このへんで落としたと思うんだ」

少女がしゃがみ込んで、路面に目を落とした。

最上も屈《かが》んで、あたりを見回した。視力は両眼とも一・二だ。しかし、どこにも女物の財布は落ちていない。

「別の場所なんじゃないのか？」

最上は言いながら、立ち上がった。そのとき、背後で荒々しい足音が響いた。

最上は振り返った。髪を金色に染めた十七、八の少年が険《けわ》しい顔つきで立っていた。

「おっさん、おれの女をどうする気なんだよっ。あん？」

「何を言ってるんだ。おれは女の子が落としたという財布を探してやってるだけじゃないか」

「ううん、嘘だわ。そのおじさん、三万円やるからエッチさせろって車の中から声をかけてきたの」

少女がにたついて、金髪少年の片腕を取った。

「ほら、見ろ。おっさん、おれをなめんじゃねえぞ。今回は大目に見てやっから、十万円だしな」

「子供が美人局《つつもたせ》の真似なんかするんじゃないっ」

最上は一喝《いっかつ》した。

「てめえ、開き直りやがって。有り金そっくり出せや。銭《ぜに》を出さねえと、痛い目に遭《あ》うぜ」

「吼《ほ》えるな、坊や。連れの女の子と一緒に早く消えろ」

「粋《いき》がってんじゃねえよ！」

金髪少年がフード付きのパーカーのポケットから何か光る物を掴みだした。刃物だ。

手首のスナップを利かせ、刃を振り出した。バタフライ・ナイフだった。

鞘《さや》が蝶の羽根のような形になっている。その部分を百八十度回転させ、柄にするわけだ。

「マー坊、そのおっさんを血だらけにしてやんなよ」

少女が金髪少年に言って、裏通りの暗がりまで退《さ》がった。

マー坊と呼ばれた少年がやや腰を落として、バタフライ・ナイフを斜めに構えた。胸の高さだった。

「人を刺すには、それなりの覚悟がいるもんだ。坊や、怪我しないうちにナイフをしまえ」

「うるせえ！　てめえをぶっ殺してやる」

「刺せるものなら、刺してみな」

最上は嘲笑し、マー坊に背を向けた。そのまま大股で歩きだす。

「おっさん、逃げんのかよっ」

マー坊が怒声を張り上げながら、すぐさま追ってきた。

最上は耳に神経を集めた。

足音が背後まで迫った。最上は立ち止まるなり、中段回し蹴りを放った。ミドル・キックは少年の胴を捉《とら》えた。

マー坊が短く呻き、横に吹っ飛んだ。弾みで、バタフライ・ナイフが舞った。

路上に転がったマー坊が落ちた刃物に右腕を伸ばした。

最上は踏み込んで、右脚を高く浮かせた。そのまま靴の踵《かかと》を垂直に落とす。

脳天を直撃されたマー坊が凄《すさ》まじい声をあげながら、水を吸った泥人形のように崩れた。

テコンドーの踵落としだった。必殺の荒技だ。その気になれば、たやすく脳天も割れる。

「マー坊、死なないで」

少女が男友達に駆け寄って、うろたえはじめた。

「安心しろ。別に死にゃしないさ。加減してやったからな」

「喧嘩に強いマー坊がやられるなんて、信じられないよ。おじさん、何者なの?」

「ただのおじさんさ」

最上は言って、また歩きだした。

路地から割烹旅館のある通りに出て、ボルボに歩み寄る。車に乗り込もうとしたとき、割烹旅館の門から芽衣が走り出てきた。

芽衣はコートやバッグを胸に抱えていた。片手にはパンプスを提《さ》げている。

「どうしたんです?」

最上は芽衣に走り寄った。そのとき、視界の端に福田の姿が映った。

福田は最上に気づくと、慌《あわ》てて旅館の玄関に引き返していった。ワイシャツ姿で、ノー・ネクタイだった。

「最上さんがどうしてここに⁉」

芽衣が驚きの声を洩らした。

「小室氏の実家の近くで事務長の福田が現われるのを待ってたら、あなたが慌てた様子で表に出てきたんで、ちょっと後を尾けさせてもらったんです」

「そうだったんですか」

「野口さんがなぜ、福田なんかと……」

「あっ、誤解しないでください。わたし、事務長とはおかしな関係じゃありません。わたし、罠《わな》に嵌《は》まりそうになったんです」

「どういうことなんです？」

「大輔さんの実家で台所仕事のお手伝いをしてたら、わたしの携帯に事務長が電話してきたんです。それで、福田事務長は人事のことで今夜中に話しておきたいことがあるから、環八通りまで出てきてくれないかと言われたんです」

「で、この割烹旅館に連れ込まれたわけか」

「そうなんです。事務長は奥の座敷に入ると、いきなり来月から、きみは主任だと言ったんです。その代わり、大輔さんが医療事故や人体実験のことを調べ回ってたという事実は外部の者には絶対に喋るなと釘をさされました」

「で、あなたはどうされたんです？」

最上は問いかけた。

「事務長の言葉で、院内で人体実験が行われたことは間違いないと確信しました。それで、すぐに事務長に大輔さんが内部告発しようとしたことは事実なんですねと詰め寄りました」

「しかし、福田はそんな事実はないと否定した。そうですね？」

「ええ、そうです。そして事務長は急にわたしを抱き竦《すく》めて、次の間に引きずり込もうとしたんです。そこには、派手な夜具が敷いてありました」

「福田はあなたを力ずくで犯して、部外者に余計なことを喋らせないようにしたかったんだろう」

「そうにちがいありません。事務長の卑劣な行為は赦《ゆる》せないわ」

芽衣が怒りに声を震わせながら、パンプスを履《は》いた。

「ああ、赦せないね。旅館に乗り込んで、福田を締め上げたい気分だが、どうせ奴はきみに妙なことはしなかったと白《しら》を切るだろう。密室での出来事だったから、第三者の目撃証言も得られない」

「ええ、そうですね。事務長の行為は単なるセクハラではなく、悪質な犯罪です。法的に罰してもらうことは難しいでしょうけど、個人感情としては、あの男のことは一生赦せないですね」

「当然だね、それは」

「去年の暮れに急死したタクシー・ドライバーの神宮幹雄さんが人体実験をされたことは間違いありません。わたし、神宮さんの臨終に立ち会った看護婦の黒沢さんと谷さんにそれとなく探りを入れてみます」

「おそらく二人の看護婦は、もう鼻薬を嗅《か》がされてるだろう。看護婦たちが何か喋るとは思えませんね」

「それなら、わたし、神宮さんのカルテをこっそり盗み出します。きっと不自然な箇所があると思うんです。そこを鋭く衝《つ》けば、川手先生も何かボロを出すかもしれません」

「わたしも同じことを考えて、きのう、川手に神宮さんのカルテを見せてほしいって頼んだんですよ」

「カルテ、ご覧になられたんですか？」

「いいえ。川手は独断でカルテを見せるわけにはいかないから、内科部長や院長に相談してみると言ったんですよ。で、きょうの昼過ぎに川手に電話をしてみたんです。そうしたら、何かの手違いで神宮さんのカルテが紛失してしまったという返事でした」

「そんなのは、見え透いた嘘です。きっと神宮さんのカルテを処分したんだわ」

「わたしも、そう思いました。カルテを入手できなくても、人体実験のことは暴《あば》けるでしょう。わたしが動きだしたんで、病院側は慌てて隠蔽《いんぺい》工作に取りかかった。いまに必ずボロを出しますよ」

「そうだといいんですけど」

「通夜の席に戻られるんでしょ？」

「ええ、そのつもりです」

「わたしの車で小室邸まで送りましょう」

最上は芽衣をボルボの助手席に坐らせ、穏やかに車を発進させた。

小室の実家までは、ほんのひとっ走りだった。最上はボルボを小室邸の生垣の横に停めた。

「わざわざありがとうございました」

芽衣は礼を言い、邸内に入っていった。

最上はルーム・ランプを灯し、上着の内ポケットから私立探偵の泊の名刺を抓《つま》み出した。名刺には、事務所の電話番号のほかに携帯電話のナンバーも印刷されていた。

最上は名刺を見ながら、泊のポケットフォンに電話をかけた。ツウ・コールの途中で、泊が電話口に出た。

「事務長の福田に余計なことは喋ってないな」

「その声は、東京地検の……」

「あんたに頼みたいことがあるんだ」

「な、何なんです？」

「そう身構えるなよ。福田の弱みを押さえてほしいんだ」

「福田さんの弱みですか⁉」

「そうだ。総合病院の事務長は、院長の片腕とも言える実力者だよな？」

「ま、そうですね」

「現に福田は厚遇されてるようで、セルシオを乗り回してる。高給を貰って、出入り業者からも袖の下を使われてるにちがいない。福田はいかにも好色そうだから、若い愛人を囲ってると思うんだ」

「ええ、多分ね」

「福田の女性関係を早急に調べてくれないか」

「そ、それはちょっとね。福田さんにはたっぷり着手金を貰ってるんで、どうも気が進まないな」

「断る気か。なら、明日からあんたに刑事の尾行がつくぜ」

「やります、調べますよ」

「また、こっちから連絡する」

最上は電話を先に切り、ルーム・ランプを消した。

4

急に背中が寒くなった。

陽《ひ》が落ちたせいだ。

最上は刑事部の自席でぼんやりとしていた。午後四時過ぎだった。

小室は何時間か前に火葬されたはずだ。婚約者の芽衣は骨揚《こつあ》げの途中で泣き崩れたのではないのか。

最上は小室の告別式には敢《あ》えて顔を出さなかった。博愛会総合病院関係者に警戒心を抱《いだ》かせたら、何かと動きにくくなると判断したからだ。

職場にいるときは、いつも時間の流れが遅い。きょうも仕事らしい仕事はしていない。

不起訴処分の手続きをしたきりだ。あとは窓際の席で、ずっと日向《ひなた》ぼっこをしていた。

同僚検事の多くは出払っている。部屋には、馬場正人《ばばまさと》部長と数人の検事がいるだけだった。最上は両腕を高く掲《かか》げて、大きな伸びをした。離れた席にいる部長が目敏《めざと》く見つけ、咎《とが》めるような視線を向けてきた。

「部長、何かご用でしょうか？」

最上は大声で訊いた。

「いや、別に」

「そうですか。てっきり部長から何か特別な任命をいただけるものと思ってましたが」

「それは厭味《いやみ》かね？」

「いいえ、滅相《めっそう》もない。わたしは馬場部長を検察官の鑑《かがみ》と尊敬しているんです。そんなお方に厭味や皮肉などは決して……」

「そうかね」

「部長は、なぜ、そんなふうにお受け取りになられるのでしょう？」

「それはだな、きみがわたしを逆恨《さかうら》みしてるのではないかと感じてるからだ」

「逆恨みですか？」

「ああ、そうだ。きみは本部事件係を外されたことで、わたしに何か面白くない感情を持ってるはずだ。しかしな、わたしの一存できみを外したわけじゃないんだぞ」

「わかってます。政府筋の意向があったことは存じています。ですから、わたしは部長個人に含むものなど何もありません」

「そうかね。それなら、それでいいんだ。これから部長会議があるんだよ」

馬場が話の腰を折って、逃げるように部屋から出ていった。

そのすぐあと、検察事務官の菅沼が刑事部に入ってきた。最上は少し前に、私立探偵の泊栄次の犯罪歴を調べてくれるよう菅沼に頼んであった。

菅沼が最上の席に歩み寄ってきて、小声で告げた。

「泊は去年の春に八王子署に恐喝未遂容疑で逮捕《パク》られてますね」

「やっぱり、そうか」

「泊は首都圏の高速道路インターチェンジの近くにあるモーテルで利用者の車のナンバーを調べて、約八百人の男性に不倫現場を押さえたという内容の脅迫状を送り届けたらしいんです。狙われたのは、３ナンバーの大型高級車に乗ってた男たちばかりです」

「泊は陸運支局で、中古車購入や車輛《しやりよう》保険の勧誘なんて名目で車検証の写しを手に入れたんだろう」

「ええ、その通りです。泊は金を脅し取る前に被害者に警察に駆け込まれて、ご用となったわけです」

「ドジな野郎だ。恐喝未遂なら、執行猶予《ゆうよ》が付いたね？」

最上は確かめた。

「ええ。現在、泊は執行猶予中です。何か罪を犯せば、間違いなく刑務所送りになります。いまは、きっとおとなしく暮らしているんでしょう」

「だろうね」

「最上検事、なぜ泊の犯罪歴のことなど調べる気になられたんです？」

菅沼が訝《いぶか》しそうに訊いた。最上は、とっさに思いついた嘘を口にした。

「知り合いの女性が泊って男に交際を申し込まれたらしいんだ。それで、少し素行を調べてもらえないかって頼まれたんだよ」

「そうだったんですか」

「ありがとう。助かったよ」

「そうだ、廊下で本庁の綿引さんとばったり会ったんですよ。それで、最上検事殿によろしくお伝えしてほしいと言われました」

「そうか」

「それから綿引刑事、正午過ぎに池袋の女子大生殺しの真犯人《ホンボシ》を逮捕《パク》ったそうです。捕《つか》まったのはキャバクラの客ではなく、店のフロア・マネージャーだったそうです」

「そう。また綿引《ワタ》さんは手柄を立てたわけだ」

「綿引さんは名刑事ですからね。それじゃ、これで……」

菅沼が軽く頭を下げ、刑事部から出ていった。

最上はセブンスターに火を点けた。

泊栄次が執行猶予中の身であることは何かと都合がいい。彼は、そのことを他人にはあまり知られたくないはずだ。恐喝未遂事件のことは新聞でも報道されたろうが、人々はもう泊の名も記憶には留《とど》めていないにちがいない。

泊に古傷をちらつかせれば、彼は言いなりになるだろう。

(場合によっては、泊をスパイに仕立てて、おれの代わりに恐喝代理人にもできそうだ)

最上は一服すると、刑事部を出た。エレベーターで一階に降り、職員専用駐車場まで歩く。

最上は自分のボルボに凭《もた》れ、泊の携帯電話を鳴らした。冴《さ》えない私立探偵はすぐに電話口に出た。

「最上だ。福田の女関係は調べ上げたか?」

「ええ、一応ね。福田さんは一年前まで博愛会総合病院で衛生検査技師をやってた大森由紀《おおもりゆき》という女を愛人にしてました。由紀はぽっちゃりとした美人で、二十五歳です」

「いまは別の病院で働いてるんだな?」

「いいえ。由紀は週に二度だけ赤坂の『セリーヌ』というクラブでヘルプをしてるきりで、ほかの仕事には就《つ》いてませんね。福田さんから、かなりの額の手当を貰ってるんでしょう」

「だろうな。由紀という女は、きょうは赤坂の店に出る日なのか?」

最上は訊いた。

「いや、今夜は出の日じゃありません。自宅マンションにいるはずですよ」

「マンションの所在地は？」

「大田区南馬込《みなみまごめ》五丁目です。『南馬込ハイツ』というマンションの二〇六号室に住んでます。池上本門寺《いけがみほんもんじ》の裏手にある六階建ての建物ですから、行けばわかると思います。福田さんは、ほぼ一日置きに由紀の部屋に通ってるようですね」

「訪《おとず》れる時間は？」

「それは、まちまちみたいですね。マンションの居住者の話だと、夕方に現われることもあるし、深夜に訪れることもあるそうです」

「そのマンションは、オート・ロック・システムなのかな？」

「いいえ、違います。管理人もいませんでしたよ」

「そうか。泊の旦那《だんな》、今後もいろいろ協力してもらうぜ」

「もう勘弁してくださいよ」

泊が弱々しく言った。

「去年の春の恐喝未遂事件のことを業界に流してもいいのかな。あんた、まだ執行猶予の身だよね？」

「汚《きたな》いじゃないかっ」

「そう興奮するなって。別に、あんたから口留め料をせしめようなんて考えちゃいない」

「それじゃ、いったい何のためにわたしの犯罪歴なんか調べたんです？」

「あんたに情報集めをしてもらいたいんだよ。そのうち、また連絡する」

最上は一方的に言って、ポケットフォンの終了キーを押した。

三階に上がり、奥の証拠品保管室に直行した。ふだんは施錠されているが、たまたまロックされていなかった。

最上は証拠品保管室に忍び込み、常習の泥棒が使っていた手製の万能鍵を盗んだ。耳搔き棒ほどの長さで、平たい金属板だ。先端部分に三つの溝がある。

最上は証拠品保管室を出て、刑事部の自席に戻った。五時まで席に留まり、さりげなく退庁した。

ボルボに乗り込んだとき、恋人の玲奈から電話がかかってきた。

「銀座で一緒にイタ飯でもどうかと思ったの」

「悪い！　今夜は、根津に行かなきゃならないんだよ。三代目襲名のことで、亀さんと話があるんだ」

「そうなの。それじゃ、またにしましょう」

「そうしてくれないか」

最上は通話を打ち切った。

玲奈の勤め先は、大手町にある。東京国税局は、合同庁舎二号館を使っていた。霞が関とは目と鼻の先だ。

二人は週に一、二度電話で誘い合って、銀座でデートを重ねていた。

(少し早いが、大森由紀のマンションに行ってみよう)

最上はボルボを走らせはじめた。

桜田通りに出て、そのまま第二京浜に入った。国道一号線だ。

道路は渋滞気味だったが、それでも四十分そこそこで南馬込に着いた。最上は『南馬込ハイツ』の前を素通りし、マンションの少し先に車を停めた。

煙草を一本喫《す》ってから、ごく自然に車を降りた。由紀の自宅マンションの玄関ロビーに入り、階段を使って二〇六号室に近づいた。

室内には電灯が点いている。部屋の主はいるようだ。パトロンの福田は来ているのか。

最上は周囲をうかがってから、二〇六号室の白い玄関ドアに耳を押し当てた。

テレビの音声がかすかに響いてくるだけで、人の話し声はしない。部屋の中に福田はいないようだ。

最上は階段の降り口に引き返し、一階に降りた。エレベーターは二基あった。

最上はいったん表玄関を出て、マンションの地下駐車場を覗《のぞ》いた。セルシオは一台も駐められていなかった。

最上は自分の車に戻り、プレーヤーにCDをセットした。オスカー・ピーターソン・トリオの復刻盤だった。

一九七〇年代に流行《はや》ったモダン・ジャズに耳を傾けながら、張り込みを開始した。公務で幾度も被疑者や事件関係者の自宅や勤務先を張り込んだことがある。

張り込みは、いつも自分との闘いだ。

マークした人物を粘り強く待ちつづける。焦《じ》れたら、悪い結果を招くことが多い。

最上は老《お》いた猟師のように、ひたすら獲物が近づいてくるのを待った。

一時間が過ぎ、二時間が経った。

それでも福田は姿を見せない。今夜は空振りに終わるのか。そう思いながらも、最上は諦《あきら》める気になれなかった。

時間だけが虚《むな》しく流れていく。

腹も空いてきた。しかし、最上は堪《こら》えた。

待った甲斐があった。十時を数分回ったころ、前方から黒いセルシオがやってきた。最上は上体を助手席の方に倒し、セルシオの運転席に目をやった。

ステアリングを握っているのは、事務長の福田だった。セルシオは『南馬込ハイツ』の真横に停まった。

車を降りた福田は、じきにマンションの中に消えた。

（福田はひと休みしたら、愛人の由紀の柔肌を貪《むさぼ》るつもりなんだろう。それまで、ここで待と

う)

最上は煙草をひっきりなしに喫い、空腹感をなだめた。

三十分待って、グローブ・ボックスを開けた。超小型録音機とポケット・カメラを取り出し、上着のポケットに入れた。

カメラには、ストロボが内蔵されている。もちろん、フィルムは装填《そうてん》済みだ。

最上は変装用の黒縁眼鏡《くろぶちめがね》をかけ、前髪を額いっぱいに垂らした。眼鏡のレンズに度は入っていない。

最上は静かに車を降り、『南馬込ハイツ』に急いだ。エレベーターで二階に上がり、二〇六号室に近づいた。

最上は人目がないことを確かめ、両手に布手袋《ぬのてぶくろ》を嵌《は》めた。上着の内ポケットから万能鍵を抓《つま》み出し、そっと鍵穴に差し込む。

手首を小さく何度か回すと、金属が嚙み合う音がした。最上は一呼吸の間をとってから、ドア・ノブをゆっくりと回した。

抜き足で玄関に入り、後ろ手にドアを閉める。奥から女の淫猥《いんわい》な呻き声が洩れてきた。

(思った通り、二人は睦《むつ》み合ってるようだな)

最上は静かに靴を脱ぎ、玄関ホールから奥に進んだ。

間取りは2LDKのようだった。中央のLDKを狭んで、二つの居室が振り分けられている。

右側の洋室は暗く、物音がしない。

最上は姿勢を低くして、居間まで進んだ。左側の和室の仕切り襖は開いていた。

八畳間の真ん中に緋色《ひいろ》の寝具が敷かれ、全裸の女が横たわっていた。二十五、六だった。大森由紀だろう。

由紀らしい色白の女は黒い紐《ひも》で亀甲縛《きっこうしば》りにされ、しどけない姿を晒《さら》していた。縄目《なわめ》の間から乳房が食《は》み出し、両脚は折り畳まれる恰好《かっこう》で括《くく》られている。ちょうど乳児のおむつを交換するときのスタイルだ。

股には黒い紐が何本も喰《く》い込み、性器を畝《うね》のように浮き立たせている。合わせ目は笑《え》み割れ、鮑《あわび》を連想させた。

福田はブリーフだけの姿で、女の股の間に胡座《あぐら》をかいている。その右手には、孔雀《くじゃく》の長い羽根が握られていた。

福田の周《まわり》には、大小の筆、鈴、銀色の二つの玉、スケルトンの薄紫色のバイブレーター、茹《ゆ》で卵を小さくしたようなピンクのローターなどの性具が無造作に散っていた。

最上は上着のポケットから小さなカメラを取り出し、密かに超小型録音機の録音スイッチを入れた。マイクロ・テープは九十分用のものだった。

「福田事務長、お娯《たの》しみだな」

最上は声をかけた。

福田がぎょっとして、振り向いた。最上は素早くポケット・カメラのシャッターを押した。

ストロボが白く光った。

福田が反射的に手で顔を隠した。縛られた裸の女も異変に気づき、驚きの声を発した。

最上はアングルを変え、さらに二度シャッターを押した。フレームには、女と福田の姿が収まっていた。

「き、きさまは！」

福田が敷蒲団《しきぶとん》の上に立ち上がった。

最上は和室に躍《おど》り込み、福田に横蹴りを放った。空気が大きく揺れた。福田は和箪笥《わだんす》に頭を打ちつけ、畳の上に倒れた。

「ど、泥棒なの⁉」

女が怯《おび》えた顔で言った。

「そうじゃない。福田に用があるだけだ。きみは大森由紀さんだな？」

「ええ、そう」

「しばらくおとなしくしててくれないか」

最上はポケット・カメラをしまい、畳の上から黒い紐の束を掴み上げた。福田を俯《うつぶ》せにさせ、紐で両手首を縛った。

「おい、これはなんのつもりなんだっ」

「内科医の小室大輔を殺し屋《プロ》に始末させたのは、川手なのか。それとも、阿相内科部長か手塚院長が指図したのかっ」

「何を言ってるんか、さっぱりわからんな」

「空とぼける気なら、こっちにも考えがあるぞ」

最上は由紀の足許に坐り込み、大振りの筆を手に取った。

「きさま、由紀に悪さをする気だなっ」

「悪さじゃない。一種の善行だと思うがな」

「おかしなことはやめてくれーっ」

「それじゃ、正直に何もかも話してくれるのか？」

「そう言われても、まるで見当のつかない話だから、答えようがないじゃないか」

福田が顔を背《そむ》けた。

最上は口の端《はし》を歪め、由紀の秘めやかな肉を穂先でくすぐりはじめた。

「そんなことやめて。やめてください」

由紀が言った。強い口調ではなかった。パトロンの手前、一応、拒んで見せたのだろう。

最上は筆の先で蜜液を掬《すく》い取り、それを二枚の花弁と肉の芽にソフトに塗りつけた。由紀は、たちまち喘《あえ》ぎ声を洩らしはじめた。

最上は頃合を計って、次にローターを手に取った。電池で動かす性具だ。スイッチを入れると、ローターの頭半分が回転しはじめた。

最上は、回る先端をクリトリス茎部《けいぶ》に軽く押し当てた。由紀が甘く悶えはじめた。

「由紀、気を逸《そ》らせ。気を逸らすんだっ」

福田が若い愛人を叱りつけた。

だが、その声は由紀には届かなかったようだ。彼女は身を揉みながら、なまめかしく呻きはじめた。

最上は由紀が沸点に達しそうになると、すぐにローターを浮かせた。同じことを四、五回繰り返したとき、由紀がもどかしげに叫んだ。

「お願い、もう焦《じ》らさないで!」

「わかった。協力してやろう」

最上はローターのモーターを停め、バイブレーターを手に取った。福田の顔色が変わった。

「自分の愛人が目の前でアクメに達したら、最大の屈辱だよな。それでもいいんだなっ」

最上は福田に言った。福田は何か言いかけたが、絶望的な溜息をついただけだった。

最上はバイブレーターのスイッチを入れた。小さなモーター音が響きはじめた。人工ペニスには仔熊《こぐま》の舌と小枝のような付属物がある。

両側に付いていた。陰核、膣、肛門の三カ所を同時に刺激できる造りだった。

最上は合わせ目の奥に人工ペニスを埋め込み、モーターの回転数に変化をつけはじめた。

由紀が息を詰まらせ、高く低く呻いた。呻きは、いつしか唸りに変わっていた。

ほどなく由紀は、たてつづけに二度極《きわ》みに駆け上がった。愉悦の声は高かった。

「さっき撮《と》った写真をあんたの女房や子供に見せてもいいんだなっ」

「知らんことは喋れんだろうが」

「なら、喋れるようにしてやろう」

最上は由紀の性器から性具を引き抜いた。

空気の洩れるような音がした。バイブレーターは濡れそぼっていた。

最上は福田の足許に回り込み、バイブレーターのスイッチをいったん切った。先端を肛門に押し当て、一気にぶち込んだ。

福田が獣じみた声を放った。最上はバイブレーターのスイッチを入れ、モーターの回転数を最大にした。

「ううーっ、痛い！　や、やめてくれーっ。尻が裂けてしまう」

「一年ほど前に手術患者の取り違え事故があったな？」

「あったよ」

「その一カ月後には、博愛会総合病院の管理ミスで放射性物質のカリホルニウム252が紛失したなっ」

「それが何だと言うんだね。うーっ、痛くて死にそうだ」

「死んだ小室はそうした医療事故のほかに、去年の暮れに急死した神宮幹雄が入院中に人体実験をさせられたことも突きとめた。不必要なインシュリン・ブドウ糖負荷試験なんかを繰り返したのは、担当医の川手だった。そうだな？」

「痛いよ。痛くて何も思い出せん」

福田が返事をはぐらかした。最上は性具をさらに深く押し込んだ。

「そ、そうだよ。川手ドクターは、仮説の裏付けが欲しくて……」

「やっぱり、そうだったか。小室大輔は神宮というタクシー運転手が度重なる人体実験で殺されたことを内部告発する気になった。それを知った川手は、事務長のあんたに相談した。で、あんたたち二人は共謀して、殺し屋《プロ》に小室を絞殺させたんじゃないのかっ」

「そ、それは違う。小室ドクターが内部告発する気でいることを知った川手ドクターは、阿相内科部長と手塚院長に相談したんだ。わたしは院長に小室ドクターに近づく人物をすべてチェックしてくれと頼まれたんで、私立探偵を雇って……」

「その探偵は、ゼネラル興信所の泊栄次だなっ」

「そうだよ。病院ぐるみで小室ドクターの内部告発をやめさせようと画策したことは事実だが、われわれは誰も彼の殺害には関与してない。ほんとうなんだ。絶対に言い逃れなんかじゃない。頼むから、信じてくれーっ」

福田が涙声で訴えた。

「それじゃ、小室大輔は誰に口を封じられたというんだ！」

「犯人に見当はつかないが、病院関係者は殺人事件には絶対にタッチしてない。われわれは医療ミスを隠し通したかっただけなんだ。院長や内科部長が小室ドクターの懐柔《かいじゅう》を試《こころ》みたんだが、いっこうに効果がなかったんだよ」

「あんたの言ってることがどこまで事実なのか、院長、内科部長、川手の三人に改めて訊いてみよう」

最上は上着の左ポケットから超小型録音機を取り出し、停止ボタンを押し込んだ。

「いまの会話を録音してたのか⁉」

「ああ。この部屋に入る前に録音スイッチを押したのさ」

「おしまいだな、わたしの人生はもう終わりだ。手塚院長は、わたしを即刻解雇するだろう」

福田が虚《うつ》ろに呟いた。

最上は福田の両手の縛《いまし》めだけをほどき、和室を出た。由紀が何か言い訳を口にした。福田が怒声を張り上げた。

最上は足を速《はや》めた。

第三章　ハイエナの影

1

録音テープの音声が途絶《とだ》えた。

最上は超小型録音機の停止ボタンを押し込んだ。博愛会総合病院の院長室である。

最上は総革張りの応接セットのソファに坐っていた。大理石のコーヒー・テーブルの向こうには、手塚院長が腰かけていた。

窓から西陽《にしび》が射《さ》し込んでいる。手塚は額に手を当てたまま、憮然としていた。

「このテープは昨夜《ゆうべ》、福田事務長の愛人宅で収録したものです。事務長が囲ってるのは、大森由紀という女性です。以前、彼女はこの病院で働いていたはずです」

「…………」

「院長、どうされました？　あまりのショックで、一時的な失語症になったのかな。それなら、筆談でもかまいませんよ」

「福田の言ってることは、事実じゃない」

「そこまでしらばっくれるなら、こっちも徹底的にやりますよ。そうなったら、この病院は廃業に追い込まれる」

「えっ!?」

「手塚さん、そこまで覚悟できてるんですかっ」

「そ、そこまでは……」

「だったら、もう観念するんですね。カリホルニウム252の紛失には目をつぶってもいい。しかし、川手医師の人体実験は絶対に見逃せません。神宮幹雄さんは、川手に殺されたわけですからね」

「それは言い過ぎだよ」

「川手はもちろん、院長のあなたと阿相内科部長も未必の故意の殺人罪共同正犯として告訴できる。仮に遺族が損害賠償を請求する民事訴訟を起こさなくても、刑事事件として立件できるんです」

「立件はできんよ。神宮さんの遺体はとうに灰になってるわけだし、カルテを紛失してしまったんだ」

「紛失したんではなく、あなた方が処分したんでしょうが！」

最上は声を張った。

「処分したという証拠でもあるのかねっ」

「あります」

「いい加減なことを言っちゃいかんよ」

「あなた方は気がつかなかったようだが、うちの検察事務官がこの病院のシュレッダーの中から見つけ出した神宮さんのカルテの切れ端をつなぎ合わせて、証拠となる事実を摑んだんです。張り合わせたカルテは、証拠保全してあります」

「なんだって!?」

手塚が蒼《あお》ざめた。最上は、ほくそ笑みそうになった。カルテ云々《うんぬん》は、一か八かのはったり《ブラフ》だった。

「それから、神宮さんの臨終に立ち会った二人の看護婦さんからも重要な証言を得てます。黒沢さんや谷さんの話によると、神宮さんはインシュリン・ブドウ糖負荷試験を受けた直後に容態が急変したそうですね。人体実験が行われたことは、充分に立件できます。福田事務長の証言も、こちらには有利な材料になります」

「川手君が悪いんだ。彼は功名心から、わたしや阿相内科部長に内緒で六度も必要のない試験をしてしまって」

「やっと話す気になってくれましたか。最も罪深いのは川手医師です。しかし、証拠湮滅《いんめつ》に関わった院長も悪いな。しかも、あなたは事務長の福田に命じて私立探偵を雇わせ、内部告発者の小室大輔と接触する人間をチェックさせた。あなたは、小室氏と彼の協力者を誰かに抹殺させるつもりだったんじゃないのかっ」

「それは違う。小室君と彼の協力者を荒っぽい男たちに少し痛めつけてもらおうとは考えてたが、殺すなんてことはまったく……」

手塚が手を横に大きく振った。

「ほんとうに小室さんの殺害には関与してないんですね？」

「天地神明《てんちしんめい》に誓って、嘘なんかじゃない。おそらく小室君は、うちの病院の内部告発とは別に何か不正の事実を摑んでたんだろうね。だから、若死にすることになったにちがいない」

「彼が何を調べてたのか、思い当たることは？」

「何も思い当たらんね。ところで、東京地検はわれわれを罪人として裁判にかける気なのかね？」

「院長のお考えによっては、不問《ふもん》に付《ふ》すこともできなくはありません」

最上は駆け引きに入った。

「当然、何か条件があるんだね。率直に言ってくれないか」

「まず神宮さんの遺族に、三億円の賠償金を払ってください。それから院長ご自身の手で、川手医師にインシュリン・ブドウ糖負荷試験をしていただきたい」

「そんなことをしたら、川手君は心臓をやられてショック死してしまうかもしれないじゃないか」

「そこまではやれないとおっしゃるなら、あなた方を法廷で裁いてもらうことになります」

「ま、待ってくれないか。神宮さんの遺族に三億円は払う。それから、川手君にも負荷試験を施すよ」

「川手がショック死しなかった場合は、彼をただちに解雇してください。川手の暴走を許してしまった阿相内科部長の年俸も向こう二年間、十五パーセント削《けず》ってほしいんです」

「わかった、その通りにしましょう」

「事務長の福田はおとといの晩、野口芽衣さんを二子新地の割烹旅館に連れ込んで、彼女を犯そうとしました。野口さんが婚約者の小室さんから内部告発について何か聞いてると考え、事務長は彼女に都合の悪い証言をさせないようにしたかったにちがいありません」

「福田は辞めさせますよ」

「それだけでは足りません。あなた自身の手で、福田のペニスを切断してください」

「何もそこまでやらなくてもいいと思うがね」

「すべての条件を呑めないなら、話はなかったことにしましょう」

「わたしの負けだ。検事さんの条件は全面的に受け入れますよ」

「それじゃ、わたしの言ったことを二週間以内に遂行《すいこう》してください。その旨《むね》をこれから念書にしてもらいます」

「怖《こわ》い男だね、あんたは」

手塚が深々としたソファから立ち上がり、両袖机に向かった。

最上は超小型録音機を上着の右ポケットに入れ、セブンスターをくわえた。煙草に火を点け、手塚に目を向けた。

院長は机の上に事務用箋を拡《ひろ》げ、モンブランの太軸万年筆を走らせていた。苦虫を嚙み潰《つぶ》したような顔つきだった。

(口留め料を要求したら、こっちも弱みを握られることになるな。どんな方法で銭をぶったくればいいんだろうか)

最上は考えはじめた。しかし、妙案は閃《ひらめ》かなかった。

煙草を喫《す》い終えて数分すると、手塚が戻ってきた。

「これでいいかね?」

「拝見しましょう」

最上は、差し出された念書を受け取った。手塚は、ふたたびコーヒー・テーブルに向かった。

最上は念書に目を通した。必要な事項は洩れなく認《したた》められていた。手塚の署名の上には、実印も捺《お》してあった。

「これで結構です。約束を反故《ほご》にしたら、地検が動くことになりますよ」

「わかってます。検事さん、さっきのテープを譲ってください」

「あなたが約束を果たしてくれたら、録音テープは差し上げましょう」

最上は折り畳んだ念書を懐《ふところ》にしまい、すっくと立ち上がった。すると、手塚が慌《あわ》てて駆け寄ってきた。院長は意味ありげに笑って、最上の上着の左ポケットに何か紙片を突っ込んだ。

「何を入れたんです？」

「わたしの名刺ですよ」

「そうですか。それじゃ、これで失礼します」

最上は手塚に一礼し、院長室を出た。

長い廊下を大股で歩き、エレベーターに乗り込む。自分のほかは、誰もいなかった。

最上は上着の左ポケットから紙切れを抓《つま》み出した。

額面一億円の預金小切手だった。振出人の欄には手塚の個人名が記され、実印も捺されている。

（ついに犯罪者になっちまったな。これも宿命ってやつなんだろう）

最上は自分に言い聞かせ、小切手をポケットに戻した。

預金小切手は各銀行の本・支店長が支払いの義務を課せられたもので、いつでも換金可能だ。しかも、誰が小切手を金融機関に持ち込んでも支払いを拒まれることはない。

エレベーターが一階に着いた。

最上は外来用駐車場に走り、自分の車に乗り込んだ。小室は、別の何を探っていたのだろうか。それを突きとめれば、新たな悪事が透けてきそうだ。

（小室の実家に行ってみよう）

最上はボルボをスタートさせた。あと数分で、午後四時になる。残照は弱々しかった。

上用賀にある小室の実家に着いたのは、四時三十五分ごろだった。いつしか夕闇が濃くなっていた。

最上は車を小室邸の生垣の横に停めた。すぐに外に出て、門柱のインターフォンのスイッチを押した。

ややあって、スピーカーから年配の女性の声が流れてきた。

最上は身分を明かしてから、相手に問いかけた。

「失礼ですが、亡くなられた大輔さんのお母さまでしょうか？」

「はい、さようでございます。幸子《さちこ》と申します。大輔とは、どのようなおつき合いをされていたのでしょうか？」

小室の母が訊いた。最上は経緯《いきさつ》をかいつまんで話し、うかがいたいことがあると言い添えた。

「どうぞお入りになってください」

相手の声が途切れた。

最上は門を潜《くぐ》り、ポーチに進んだ。ポーチの石段を上がりきったとき、重厚な玄関ドアが開けられた。

現われたのは、五十八、九の上品そうな顔立ちの女性だった。目許《めもと》のあたりが殺された小室によく似ている。

「大輔の母親でございます」

「東京地検の最上です。突然、お邪魔しまして、申し訳ありません」

「いいえ、お気になさらないでください。どうぞ中にお入りになって」

「失礼します」

最上は広い玄関に入った。靴を脱ぎながら、彼は言った。

「まず御霊前にお線香を上げさせてください」

「ありがとうございます。それでは、ご案内いたします」

小室の母が先に歩きだした。最上は幸子に従った。

通されたのは、十畳の和室だった。仏壇の前には白布の掛かった祭壇がしつらえられ、遺影、骨箱、供物《くもつ》などが載っていた。

最上は故人に線香を手向《たむ》け、両手を合わせた。合掌《がっしょう》を解《と》いたとき、幸子が確かめるような口調で話しかけてきた。

「最上さまは息子とは面識がなかったんですね？」

「はい。大輔さんの杉並のマンションを訪ねたときは、すでに息子さんは亡くなられていましたので」

「そうですか。それで、大輔が書いたという内部告発の手紙はお持ちなのでしょうか？」

「はい」

最上は上着の内ポケットから小室の告発状を取り出し、幸子に手渡した。幸子はすぐに息子の手紙を読み、目を潤ませた。

「その告発状に書かれていることは、間違いありませんでした。少し前に博愛会総合病院の手塚院長に会ってきたんですが、川手医師が人体実験めいた過剰な検査をした事実を認めました。そして、病院側は入院中に急死した神宮幹雄さんの遺族にできるだけの損害賠償をすると明言しています」

「人体実験なら、殺人罪が適用されるんではありませんの？」

「そのあたりの立件がなかなか難しいんです。証拠保全している物が何もありませんので」

「それでは、大輔の内部告発は無意味だったんですね」

「そんなことはありません。立件は困難ですが、病院側は非を認めて、遺族にできるだけの償《つぐな》いをしたいと言ったわけですから」

「ええ、そう解釈すればね」

「息子さんの勇気ある内部告発で、亡くなられた神宮さんも少しは救われたでしょう」

「そう考えることにします」

「実はわたし、病院関係者が内部告発した息子さんを殺害したのではないかと疑っていたのですが、どうもそうではないようなんですよ」

「そうなんですか。それでは、いったい誰が大輔を殺害したのでしょう？」

「捜査当局から何か連絡は？」

「特捜本部の刑事さんたちが告別式に来てくださったんですが、まだ有力な手がかりは摑んでいないというお話でした」

「もどかしいでしょうね？」

「ええ、それはとても」

「わたしの担当事件ではありませんが、個人的に少し調べてみるつもりでいるんです。大輔さんが病院以外のことで、何かを調べてた様子はありませんでした？」

最上は訊いた。

「それは、わかりません。息子とは別々に暮らしていましたのでね。ただ最後にこの家に来たとき、大輔はかなり酔っ払っていて、何かおかしなことを言ってました」

「おかしなこと？」

「はい。世の中、偽善者だらけだなんて幾度も……」

「偽善者とは、誰たちのことを指してたんでしょうね？」

「さあ、見当もつきません。息子の話に適当な相槌を打って、早々に寝かせてしまったものですので」

「そうですか。何か手がかりになりそうな繰り言のような気がするんですがね。それはそうと、息子さんのマンションはまだ引き払ってませんね？」

「はい。犯人が捕まるまでは、部屋はそのままにしておくつもりです」

「特捜部の者から、証拠保全のために息子さんの部屋にある物には触れないでほしいと言われました？」

「いいえ、そういうことは特に言われませんでした」

幸子が答えた。

「息子さんの部屋の合鍵は、こちらに？」

「ええ、あります」

「半日か一日、合鍵をお借りできないでしょうか？」

最上は打診した。

隠し持っている万能鍵で、『杉並スカイコーポ』の五〇三号室には無断で忍び込める。しかし、入室する姿を誰かに見られたら、捜査の手が自分に伸びてくるかもしれない。それを懸念《けねん》して、わざわざ故人の母親に合鍵を借り受ける気になったのだ。

「検事さんは息子の部屋に何か手がかりになる物があるかもしれないとお考えなんですね？」

「ええ、そうです。ご迷惑でしょうか？」

「いいえ、そんなことはありません。いま、合鍵を取ってまいります」

幸子が立ち上がり、静かに部屋を出ていった。

（五〇三号室で何か見つけさせてくれよな）

最上は小室の遺影に目を向け、心の中で語りかけた。

2

小室邸を出たときだった。

最上は出合い頭に若い女性とぶつかりそうになった。なんと相手は芽衣だった。

「ごめんなさい。わたし、考えごとをしながら、ぼんやりと歩いてたものだから」

「若い女性とぶつかるなら、大歓迎ですよ。冗談はともかく、ちょうど野口さんに電話をしようと思ってたとこなんです」

最上は昨夜、福田を締め上げたことを明かし、少し前に手塚院長に会ったことも話した。もちろん、一億円の預金小切手を受け取ったことは黙っていた。

「川手ドクターがやった人体実験を刑事事件として立件するのは、どうしても無理なんでしょうか？　神宮さんのご遺族は三億円の損害賠償金を貰っても、気持ちがすっきりしないと思うんです」

芽衣が不服そうに言った。

「だろうね」

「大輔さんにしても、あの世でなんのための内部告発だったのかと嘆いてると思うんです。院長は約束通りに川手ドクターと福田事務長を解雇して、阿相内科部長の減給もするでしょう。でも、その程度のことでは……」

「あなたの気持ちは、よくわかるよ。しかし、立件できるだけの証拠がないんだ。癪《しゃく》だが、連中に刑事罰を与えることは難しいです。結局、示談という形しかないんですよ」

「なんだか釈然としませんけど、検事のあなたがそう判断されたんなら、仕方がありませんね。ところで、事務長や院長の話を真《ま》に受けてもいいんでしょうか？」

「わたしも病院側が殺し屋に小室さんを始末させたんではないかと疑ってきたんだが、福田や手塚が芝居をうってるようには見えなかったんだ。おそらく小室さんは、内部告発の件でフリー・ジャーナリストの石坂敬明以外の人間に相談したんじゃないだろうか。その相談相手は頼りになるどころか、なかなかの喰わせ者だったのかもしれない」

「喰わせ者だったというのは、どういうことなんでしょう？」

「これは単なる想像なんだが、その相談相手は小室さんから人体実験の話を聞いて、個人的に博愛会総合病院に揺さぶりをかけようとしたんじゃないだろうか」

最上は言った。

「具体的に言うと、その人物は病院からお金を脅し取ろうとしたということですね？」

「ああ、おそらくね。で、小室さんは相談相手に見切りをつけて、東京地検に内部告発の手紙を送ってきたんじゃないのかな」

「そうだとしたら、その相談相手が自分の悪事の発覚を恐れて、大輔さんを殺害した可能性も……」

「あると思うね。そんなわけで、小室さんの母親に会いに来たんだよ。これといった手がかりは得られなかったんだが、おふくろさんの話によると、最後に実家に顔を出した小室さんは酔っ払って、世の中、偽善者ばかりだと何度も口にしてたらしいんだ。その言葉に、何か思い当たる？」

「いいえ」

芽衣が少し考えてから、はっきりと言った。

「言葉のニュアンスから察すると、小室さんは複数の人間の素顔を垣間《かいま》見て、ひどく失望したって感じだよね？」

「ええ、そうですね」

「生前の小室さんは、どんなタイプの人間に尊敬の念や共感を抱いてたんだろう？」

「大輔さんは、エゴイストだらけの世の中で凛然《りんぜん》と生きてる人たちが好きでした。それも芸術家のように自分の世界に閉じこもってるタイプではなく、他人のために汗をかくような人たちを敬《うやま》ってましたね」

「他人のために汗をかくような人たちというと、保護司、社会福祉家、消費者団体のリーダー、市民運動家、ボランティア劇団の主宰者、慰問演芸家、人権派の弁護士なんてとこかな」

「ええ、そうですね」

「小室さんは、そういう人たちと個人的につき合ってたんだろうか」

「特に個人的なつき合いはなかったと思います」

「そう。これから、杉並のマンションに行ってみようと思うんだ。さっき小室さんのおふくろさんから、部屋の合鍵を借りたんですよ。ひょっとしたら、何か手がかりが見つかるかもしれないと思ってね」

「わたしも、ご一緒しましょうか？」

「あなたは小室さんのおふくろさんの話し相手になってやってください。ショックから立ち直るには、まだだいぶ時間がかかりそうな感じだったな」

「そのつもりで来たんですけど、大輔さんを殺した犯人も早く捕まえてほしい気持ちなんです」

「気持ちはわかるが、小室さんの母親のそばにいてあげてください。そのほうがいいでしょう」

「わかりました。それでは、そうさせてもらいます」

芽衣が一礼し、小室邸の中に入っていった。

最上はボルボに駆け寄った。すぐに杉並区和田に向かった。

目的の『杉並スカイコーポ』に着いたのは、六時近い時刻だった。

最上は借りた合鍵を使って、五〇三号室に入った。間取りは１ＬＤＫだった。捜査員たちが室内を掻き回したはずだが、それほど散らかってはいなかった。

最上は布手袋を嵌《は》めると、奥の部屋に入った。

八畳の洋室だった。窓側にベッドが置かれ、壁際には机、書棚、CDミニ・コンポ、ワイド型テレビが並んでいる。クローゼットは造り付けだった。

最上は机の引き出しをすべて開け、底まで覗いてみた。しかし、何も手がかりは得られなかった。

次に書棚の本を引き抜き、奥までチェックしてみた。結果は虚《むな》しかった。

クローゼットの中を隅々《すみずみ》まで検《しら》べ、衣服のポケットにも手を突っ込んでみた。

しかし、電子手帳に登録されていない人物との交友をうかがわせる名刺や手紙の類《たぐい》はどこにもない。寝具をはぐり、ベッドマットまで剝《は》がしてみた。だが、徒労だった。

最上は長嘆息して、ダイニング・キッチンに移った。

二人用のコンパクトなダイニング・テーブルの下まで覗き、食器棚や冷蔵庫の中も検《あらた》めてみた。しかし、無駄骨を折っただけだった。

トイレや浴室もチェックしてみた。だが、やはり何も見つからなかった。

（収穫なしか）

最上はダイニング・テーブル用の椅子に腰かけ、また長く息を吐いた。

そのとき、近くの観葉植物の鉢が目に留まった。ベンジャミンの葉は、うっすらと埃を被《かぶ》っていた。

最上は立ち上がって、鉢の中を見た。一カ所だけ腐葉土《ふようど》が高く盛り上がっている。掘り起こしてみると、アルミホイルに包まれた小さな箱のような物が出てきた。アルミホイルを剝がす。中身は、留守録音用のマイクロ・テープ・カセットだった。

電話機は寝室にある。最上はベッドのある部屋に走り入り、電話機のテープ・ボックスを開けた。テープ・カセットは入っていなかった。

最上は手にしているカセットをセットし、録音テープを巻き戻した。ベッドに浅く腰かけ、マイクロ・テープを再生してみる。


——はい、小室です。

——石坂です。あなたがわたしに話してくれた人体実験のことは事実のようですね。きょう、川手ドクターに会ってきたんです。ぎくっとしたようでしたよ。それから、黒沢という看護婦も明らかに狼狽《ろうばい》してました。

——そうですか。それで、ペンで告発していただけるんでしょうか？

——もう少し裏付けをとったら、『現代公論』に五、六十枚の告発原稿を書くつもりです。人体実験などとんでもないことですからね。

——よろしくお願いします。

——あなたのコメントは、実名でかまわないんですね？

——もちろんです。ぼくが内部告発者だということを書いてもらっても結構です。

——博愛会総合病院を敵に回すことになりますが、いいんですね？

——その覚悟はできてます。

——心強いな。わたしもペンで徹底的に闘うつもりです。ただ、わたしはフリーですんで、何かと立場が弱いんです。病院側がこちらの告発の動きを察知したら、有力者に泣きついて雑誌社に圧力をかけるかもしれません。そうなったら、最悪の場合はわたしの原稿は没にされてしまうでしょう。

——もし外部から圧力がかかるようでしたら、別の総合誌に記事を載せてもらえばいいんじゃないでしょうか。石坂さんは大手出版社五、六社で仕事をされてますよね？

——ええ、それはね。しかし、大手出版社といえども、有力者や広告スポンサー側からの圧力は無視できないんです。そこが商業雑誌の弱点なんですよ。

——困ったな。

——そこでご相談なんですが、たとえば著名な市民運動家に助っ人になってもらって、まず派手に告発キャンペーンを張ってもらうなんて手はどうですかね？　そうなれば、わたしの原稿が握り潰されることはないでしょう。

——そういう市民運動家とつき合いがあるんですか？

——ええ、あります。市民運動家の事務所に小室さんをお連れしますから、医療事故や悪質な人体実験のことを直《じか》に詳しく話してもらえませんかね？

——その方のお名前は？

——あなたがびっくりするような大物ですよ。先方のスケジュールを問い合わせてみますんで、ぜひ一緒に行きましょうよ。正義感の塊《かたまり》のような方ですから、きっとわれわれの力になってくれるはずです。

——わかりました。その市民運動家に会ってみましょう。

——そうですか。それじゃ、さっそく連絡をとってみます。


音声が熄《や》んだ。

最上はテープを早送りした。すると、また石坂と小室の会話が流れてきた。

——石坂さん、例の人物はいっこうに動き出そうとしてくれないじゃないですかっ。

——あなたは、せっかちな方だなあ。充分な裏付けをとってからじゃなければ、告発に踏み切れないでしょうが。下手をしたら、病院側が訴訟を起こすかもしれませんからね。もう少し待ってくださいよ。

——人を疑うようなことは言いたくありませんが、市民運動家は本気で人体実験を告発する気があるんですかね？

――なんか含みのある言い方だな。はっきりおっしゃってください。

――それじゃ、言わせてもらいます。いくら病院関係者に当たっても、ぼくが提供した情報以上のものは入手できませんよ。告発に踏み切ろうとしないのは、市民運動家に何か別の考えがあるからなんじゃないんですか？

――別の考え？

――そうです。たとえば、病院の弱みをちらつかせて、市民運動へのカンパを手塚院長に要求するとか……。

――あなたがそんなふうに考えてるんだったら、われわれはもう手を引きます。義憤から協力する気になったんだが、妙な疑いを持たれるんだったら、もうつき合いきれないな。市民運動家に迷惑をかけたくないんで、彼にも手を引いてもらいます。

――石坂さん、待ってください。つい感情的になってしまって、すみませんでした。謝ります。赦《ゆる》してください。

――いや、赦せないね。もう二度と電話しないでくれ。

石坂が乱暴に通話を打ち切った。

最上は、また録音テープを早送りした。しかし、何も録音されていなかった。マイクロ・テープを巻き戻し、カセットを抜く。

（石坂は、おれには人体実験が行われたという裏付けはとれなかったと言ってた。なぜ、市民運動家と共闘して告発キャンペーンを張る気だったことを黙ってたんだろうか）

最上は考えはじめた。

石坂は市民運動家とつるんで、博愛会総合病院を脅す気だったのか。あるいは、すでに恐喝まがいのことをしたのかもしれない。

小室は、そのことを知ってしまった。そのため、口を封じられたのではないか。そう推測することはできる。しかし、それだけでは石坂が小室を殺した犯人とは断定できない。

（とりあえず、このマイクロ・テープはいただいておこう）

最上はマッチ箱ほどの大きさのカセットを上着のポケットに入れ、玄関に足を向けた。

ドアをロックし、布手袋を外す。エレベーターで一階に降りた。函《ケージ》の扉が左右に割れると、ホールに綿引刑事が立っていた。

「これはこれは。検事殿とこんな所でお会いするとは夢にも思ってませんでしたよ」

「こっちも、びっくりです」

最上は言いながら、エレベーター・ホールに降りた。

「検事殿、このマンションにお知り合いでも？」

「そうなんですよ。学生時代の友人が住んでるんです。近くまで来たついでに友人の部屋を訪ねたんですが、あいにく留守だったんです」

「そうですか」

「池袋の本部事件の犯人《ホシ》を綿引《ワタ》さんが逮捕《パク》ったそうですね、菅沼君から聞きました。さすがは捜一の敏腕刑事だな」

「まぐれですよ、ただの」

「謙遜《けんそん》するとこが奥ゆかしいな」

「検事殿、からかわないでください」

「からかうだなんて、とんでもない。ほんとにそう思ってるんです。それはそうと、綿引《ワタ》さんがどうしてここに？」

「博愛会総合病院の若い内科医が四、五日前に殺害された事件《ヤマ》、ご存じですよね？」

綿引が例によって、上目遣いに最上の顔を見た。

「ええ、知ってることは知ってます。それが何か関係があるんですか？」

「被害者《マルヒ》はこのマンションの五階の自宅で絞殺されたんです」

「そうでしたっけ。殺されたのが若い女性なら、新聞もよく読むんだが……」

「正直な方だ、最上検事殿は」

「なんだか当て擦《こす》りのように聞こえるな。綿引《ワタ》さんが犯行現場に顔を出したってことは、杉並署の特捜本部《チョウバ》の助っ人要員として駆り出されたんですね？」

「そういうことです。臨場《りんじょう》ぐらいしておかないと、恰好《かっこう》がつきませんからね。もちろん、スタンド・プレイをする気なんかありません」

「とかいって、助っ人要員がお手柄を立てたりしてね」

「そんなことにはなりませんよ」

「それじゃ、公務に励んでください」

最上はおどけて敬礼し、マンションを出た。

努めて平静に綿引と言葉を交わしたつもりだが、内心の狼狽を看破《かんぱ》されたのではないか。綿引は勘が鋭い。そう思うと、一層、落ち着かなくなった。

(少し慎重に動かないとな)

最上はボルボに急いだ。

運転席に乗り込みかけたとき、背後から細い縄を首に巻きつけられた。喉仏のあたりだった。

最上は細縄の下に左手の指を二本潜《くぐ》らせ、右の肘《ひじ》を振った。肘打ちは暴漢の脇腹に当たった。

後ろの男は短く呻いたが、体勢は崩さなかった。

すぐに両腕に力を込め、縄で最上の首を絞めつけてくる。息ができない。気が遠くなりそうだ。足腰にも力が入らない。

最上は不様《ぶざま》にも尻餅《しりもち》をついてしまった。背後の男が片膝を落とし、さらに首を絞めてくる。

最上はわざと後ろに倒れ、相手の顎を蹴り上げた。口髭をたくわえた三十二、三の男が引っくり返った。

最上は縄を緩《ゆる》め、首から外した。すぐに縄が手繰《たぐ》られた。

最上は跳《は》ね起きた。

男も敏捷《びんしょう》に身を起こした。その右手には、筒状の棍棒《こんぼう》のような物が握られている。握りの部分には、ねじ山があった。二十センチ前後の長さだ。

ストライク・スリーと呼ばれている白兵戦用武器だった。筒の中には細身の両刃の剣、首絞め用縄《ギャロット》が収まり、先端の鉄球が蓋《ふた》になっていた。本体は棍棒として使える。

「誰に頼まれたんだっ」

最上は声を荒らげた。

口髭の男は薄く笑い、鉄球付きのギャロットを短く持った。すぐに鉄球を肩口のあたりで回しはじめた。

間合いは二メートルそこそこだ。鉄球をまともに顔面に叩きつけられたら、大怪我をするだろう。

最上は少しずつ後退しはじめた。

逆に男は前進してくる。最上は半歩前に出て、すぐ一歩退《さ》がった。誘いだった。

案の定《じょう》、ギャロットに括《くく》りつけられた鉄球が飛んできた。風切り音が高かった。

最上は横に跳《と》んだ。

鉄球が路面を叩いた。最上のすぐ脇だった。

アスファルトで固められた砂利が幾つか飛び散った。最上は地を蹴った。助走をつけて、高く跳躍した。

宙で両脚を屈伸させ、相手の胸と顔面を蹴った。連続蹴りは、きれいに決まった。

口髭を生やした暴力団員ふうの男は朽木《くちき》のように倒れた。

だが、素早く起き上がった。男はストライク・スリーの本体を傾け、両刃の剣を取り出した。手裏剣《しゆりけん》ほどの長さだった。

男は細身のナイフを右手に持ち替えるなり、手裏剣のように投げつけてきた。

最上は、とっさに身を屈めた。投げ放たれた両刃の剣は、頭上を掠《かす》めて後方に消えた。

口髭の男が不意に身を翻《ひるがえ》した。

最上は追った。男の逃げ足は速かった。路地に走り入り、そのまま闇に紛《まぎ》れた。

（くそったれ！）

最上は舌打ちして、自分の車に駆け戻った。

ボルボの近くにグレイの携帯電話が転がっていた。逃げた男が落としたのだろう。

最上は携帯電話を拾い上げ、リダイヤル・ボタンを押した。すると、聞き覚えのある男の声が流れてきた。フリー・ジャーナリストの石坂の声だった。

「検事を少し痛めつけてくれたかい？」

「…………」

最上は何も言わなかった。

「おい、なんで黙ってるんだ!?」

「石坂だなっ」

「あっ、その声は……」

石坂がうろたえ、すぐに電話を切った。

（そういうことだったのか。奴《ヤサ》の家を張り込んでやる）

最上はポケットフォンを投げ捨て、慌《あわ》ただしくボルボの運転席に入った。

3

ついに夜が明けてしまった。

最上は浮いた脂《あぶら》をハンカチで拭《ぬぐ》った。ボルボの中だ。

車は、石坂の自宅マンションの近くの路上に停めてあった。

昨夜、マンションを訪ねたとき、石坂は部屋にいなかった。最上は徹夜で張り込んでみたのだが、とうとう石坂は帰宅しなかった。

（奴は警戒して、当分の間、どこかに身を隠す気なのかもしれない。ここで張り込みをつづけても、無駄骨を折るだけだな。いったん引き揚げよう）

最上は車を走らせはじめた。

青梅街道に向かって間もなく、後ろから一台の大型バイクが追ってきた。ライダーは黒いフル・フェイスのヘルメットを被っていた。体つきから察して、三十歳前後の男だろう。

敵の一味かもしれない。

最上は少し緊張し、ミラーをちょくちょく仰いだ。ヤマハの単車は一定の距離を保ちながら、執拗に追尾してくる。その気になればボルボをたやすく追い抜けるはずだが、いっこうに加速しようとしない。

（刺客《しかく》かもしれない。どこかに誘い込んで、痛めつけるか）

最上は青梅街道に出ると、新宿方面に向かった。怪しいバイクは追ってくる。

最上は直進し、そのまま靖国通りをたどった。ＪＲ市ケ谷駅の脇から神保町《じんぼうちょう》に抜ける通りに入る。バイクは依然として尾行をやめようとしない。

やがて、右手に北の丸公園が見えてきた。

最上は田安門《たやすもん》の近くにボルボを駐《と》め、北の丸公園の中に入った。まだ午前六時を回ったばかりだ。園内に人の姿は見当たらない。

最上は遊歩道を五、六十メートル走り、繁みの陰に隠れた。少し待つと、黒いヘルメットを被った男が駆けてきた。

最上は男が近づいてくると、灌木《かんぼく》の陰から躍り出た。

「何か用か？」

「……………」

「石坂に頼まれたようだなっ」

「死んでもらうぜ」

男が低く言い、腰の後ろから消音器を嚙ませた自動拳銃を引き抜いた。ワルサーP5だった。

最上は体が竦《すく》みそうになった。だが、下手に逃げたりしたら、かえって危険だ。

男がスライドを引いた。初弾を薬室《チェンバー》に送り込んだのだ。

ワルサーP5の弾倉《マガジン》には九ミリ弾が八発しか入らない。予《あらかじ》め初弾を薬室に送り込んでおけば、フル装弾数は九発だ。

男が自動拳銃を構えながら、ゆっくりと近づいてくる。拳銃の扱いには、だいぶ馴《な》れているようだ。

射撃の名手は別にして、十メートル以上離れた標的を射止めるのはたやすくない。二十メートルも離れていたら、まず当たらないものだ。

できるだけターゲットに近寄ってから、引き金《トリガー》を絞る。それが殺し屋《プロ》の鉄則だった。

(どうやら敵は殺し屋《プロ》らしいな)

最上は身構えながら、ポケットから簡易ライターを抓《つま》み出した。すぐにライターを遠くに投げ放った。

男の視線が揺れた。

その隙に、最上は斜め後ろの巨木の陰に逃げ込んだ。一拍おいて、九ミリ弾が疾駆《しっく》してきた。太い樫《かし》の樹皮のかけらが弾《はじ》け飛んだ。

発射音は小さかった。空気の洩れるような音がしただけだった。

二弾目が放たれた。

衝撃波が最上の左耳を撲《う》った。一瞬、聴覚を失った。銃弾は数メートル後ろの樹木の幹《みき》に埋まった。

(ずっと同じ場所にいたら、いまに撃たれることになる)

最上は横に走りはじめた。

すかさず三弾目が飛んできた。九ミリ弾は、最上の足許に着弾した。羊歯《しだ》の葉と土塊《つちくれ》が舞い上がった。

最上は横に逃げた。

すぐに四弾目を見舞われた。被弾はしなかったが、最上はわざと悲鳴をあげた。枯草の上に俯《うつぶ》せに倒れ込み、いかにも苦しげに唸《うな》った。

ヘルメットで顔面を隠した男が駆け寄ってきた。最上は唸りながら、相手を盗み見た。

ワルサーP5の銃口は下に向けられていた。相手は立ち止まるなり、とどめを刺す気にちがいない。

最上はパニックに陥りそうだった。反撃に失敗したら、確実に頭を撃ち抜かれるだろう。

ここで死ぬことになるのか。

脳裡に恋人の玲奈の顔が浮かんで消えた。最上組の組員たちの姿も瞼《まぶた》の裏ににじんだ。

男が立ち止まった。

眼前だった。最上は両腕で相手の下半身を掬《すく》った。男が尻から地べたに落ちた。

弾みで、暴発した。一発だ。銃弾は頭上に張り出した枝を撃ち砕いた。

最上は男にのしかかり、消音器付きの自動拳銃を奪い取った。サイレンサーの先端を相手の心臓部に押し当てた。

「ヘルメットを取れ」

「……………」

「逆《さか》らうと、まず腹に九ミリ弾を撃ち込むぜ。その次は太腿だ」

「わかったよ」

男がフル・フェイスのヘルメットをゆっくり脱いだ。口髭の男だった。

「また、おまえか。依頼人は石坂だなっ」

「さあな」

「おれを甘く見ないほうがいいぜ」

最上は銃把《グリップ》の角で、相手の眉間を強打した。

男が歯を剝《む》いて、長く唸った。唸りながら、手脚を縮めた。

「次は眼球をぶっ叩くぜ。水晶体は確実に破裂するな」

「堅気《ネス》が粋《いき》がるんじゃねえ」

「どこの組員だ？」

「忘れちまったよ」

「そうかい」

最上は片手で男の顎の関節を外した。

男は両手で頰のあたりを押さえ、転げ回りはじめた。開きっぱなしの口から、涎《よだれ》が垂れている。

最上は男から離れ、数分待った。それから顎の関節を元に戻してやった。

「もう一度、訊く。石坂に頼まれたんだなっ」

「おれは何も喋らねえぞ」

「死んでもいいのかっ」

「現職の検事がおれを殺《や》るってのかい？　上等じゃねえか。さっさと撃《ハジ》けよ」

男が開き直った。

（こいつの口を割らせるには少し時間がかかりそうだな。根津の家に監禁して、ゆっくり痛めつけよう）

最上は拳銃で威嚇《いかく》しながら、口髭の男を立たせた。利き腕を捻《ねじ》り上げ、サイレンサーの先を腰に突きつける。そのまま、ボルボを駐めた場所まで歩かせた。

「おれをどうする気なんでえ？」

「ここに入ってもらおう」

「トランクの中に入れだと!?」

男が息巻いた。

「ああ。おれの車ごと海の底に沈めてやる」

「ふざけやがって」

「少しの間、おとなしくしてろ」

最上は、男の首筋を銃把で打ち据えた。

男が膝から崩れた。最上はワルサーP5をベルトの下に差し入れ、口髭の男をトランク・ルームの中に押し入れた。

ふたたび顎の関節を外し、素早くトランク・リッドを閉めた。誰かに見られた気配はない。

最上はボルボの運転席に入ると、湯島にある亀岡の自宅に電話をかけた。受話器を取ったのは、当の本人だった。

「亀さん、おれだよ」

「若、こんな早くにどうしたんです？」

「組事務所で、やくざ者を二、三日預かってもらいたいんだ」

「その男を組に入れるおつもりなんですね？」

「いや、そうじゃないんだ。そいつがおれの命を狙ったんで、しばらく監禁してほしいんだよ」

「どこの組の鉄砲玉なんでしょう？」

「おれ個人が狙われたんだよ。縄張り争いとは無関係さ。いま九段にいるんだ。これから実家に行くから、亀さん、待機しててくれないか」

「わかりやした。すぐ根津の組事務所に向かいやす」

「よろしく！」

最上は電話を切ると、すぐさま車を発進させた。

二十分そこそこで、実家に着いた。玄関前に亀岡と舎弟頭の橋爪武人《はしづめたけと》が立っていた。

橋爪は三十九歳で、壺振りを任されている男だ。大柄だが、気は優しい。

最上は亀岡と橋爪に経過を話し、トランク・ルームから口髭の男を引きずり出した。

男は口を開けたまま顔を歪《ゆが》めていた。顎の先まで涎だらけだった。

橋爪が男を引っ立て、奥の納戸《なんど》に押し入れた。

かつては蒲団部屋として使われていた板の間で、十二畳の広さだった。最上は亀岡とともに納戸に入り、口髭の男の顎の関節を元に戻してやった。すぐに足払いをかけ、男を横転させた。

最上は手早く男のポケットを探った。

一万円札の束のほかには、何も所持していなかった。ストライク・スリーも持っていない。

「おい」

亀岡が舎弟頭に目配せした。橋爪が男の両手を麻縄で後ろ手に縛り、床に正座させた。

「おれをどうする気なんでえ！」

口髭の男が吼《ほ》えた。亀岡が男の前に立った。

「渡世人だな。足《ゲソ》をつけてる組は？」

「てめえら、博奕打ちだな」

「ちゃんと答えろっ」

「おれは何も喋らねえぜ」

男が口をきつく結んだ。

亀岡が男の鳩尾《みぞおち》に鋭い蹴りを入れた。男が前屈《まえかが》みになった。肩口で体を支える形になった。

亀岡が男から離れた。

すぐに橋爪が前に出た。いつの間にか、舎弟頭の右手には竹刀《しない》が握られていた。使い込まれた竹刀は、人間の脂《あぶら》でてらてらと光っている。

「ちょっとかわいがってやろう」

橋爪が男の肩や背中を竹刀で叩きはじめた。

男は撲《う》たれるたびに、口の中で呻いた。しかし、口を割ろうとはしない。

「しぶとい野郎だ」

亀岡が呆《あき》れ顔で言い、男の頭に風呂敷をすっぽりと被せた。代貸は匕首《あいくち》を取り出し、白鞘《しらさや》を払った。

(亀さんは短刀《ドス》の先で男の体を突つく気だな)

最上は、そう直感した。

人間は急に視覚を奪われると、不安や恐怖に取り憑《つ》かれる。目を見えなくするのは、拷問の初歩的なテクニックだ。

思った通り、亀岡が口髭の男の背や腰を匕首の切っ先で軽く突きはじめた。

突かれるたびに、殺し屋と思われる男は身を捩《よじ》らせた。だが、男は依頼人の名を明かそうとはしなかった。

「少し休ませてやろう。橋爪さん、見張っててくれないか」

最上は舎弟頭に言い、亀岡に目で合図した。亀岡が無言でうなずいた。

最上は納戸を出ると、亀岡を仏間に導いた。

二人は座卓を挟んで向かい合った。最上は上着の内ポケットから、額面一億円の預金小切手を取り出した。

「亀さん、これで組のみんなの面倒を見てやってほしいんだ」

「一億円の小切手じゃねえですか⁉　若、その小切手はどっから？」

「心配するなって。この小切手を換金しても、後ろに手が回るようなことにはならない。振出人のキンタマを押さえてあるんだ」

「若、やっぱり非合法な手段で一億円の小切手を手に入れたんですね」

「手段は非合法だった。しかし、相手が警察に駆け込むようなことはない。そんなことしたら、振出人は破滅さ」

「若、いけやせん。現職検事が強請《ゆすり》をやっちゃ、いけませんや」

「別に善良な市民を脅したわけじゃないんだ。相手は、救いようのない悪人なんだぜ。それに、おれは無心するようなことは一言も言わなかった。相手が進んで一億円の小切手を差し出したんだ」

「しかし、若……」

亀岡は嘆かわしげに呟いた。

「まだ正式に三代目を継いだわけじゃないが、おれはいずれ最上組を預かるつもりなんだ。組の台所を護《まも》るのは、おれの役目だよ」

「若が手を汚しちゃいけません。組の遣り繰り《シノギ》は代貸のあっしが何とかしやす」

「亀さんを傷つける気はないが、どうあがいたって、二進《にっち》も三進《さっち》もいかないと思う」

「秘密カジノを開いて、若いお客さんも取り込もうと思ってんでさあ。不動産業やリース会社も興《おこ》そうと考えてんです」

「いろいろ考えてくれるのはありがたいが、素人商法で儲けられるはずはない。亀さん、自信があるの？」

「そうおっしゃられると、言葉がありませんや」

「三代目組長の命令だと思って、この一億を遣《つか》ってほしいんだ。亀さん、受け取ってくれないか。この通りだ」

最上は座卓に両手を掛け、深く頭を下げた。

「わかりやした。若がそこまでおっしゃるなら、小切手はあっしが預からせてもらいやす」

「よかった。やっと受け取ってもらえたか」

「その代わりと言っちゃ何ですが、あっしにだけは一億円を入手するまでの経緯《いきさつ》を話してくだせえ。お願いしやす」

今度は亀岡が頭を垂れた。

最上は少し迷ってから、これまでの経過をつぶさに語った。

「それじゃ、納戸にいる野郎は石坂ってフリー・ジャーナリストに頼まれて、若を消そうとしやがったんですね？」

「ああ、おそらくね。ひと休みしたら、また石坂のマンションに行ってみる。きょうは欠勤だ」

「若、本業を疎《おろそ》かにしちゃいけませんや」

「わかってるさ。しかし、きのうは一睡もしてないんだ。二、三時間眠りたいんだよ」

「それじゃ、健に蒲団を敷かせやしょう。若がお寝《やす》みになってる間に、納戸にいる野郎の口を割らせまさあ。こいつは、いただいときます」

亀岡が小切手を押し戴き、仏間から出ていった。

最上は畳の上に仰向けに引っくり返った。

五分ほど経つと、健が床の用意ができたと告げに来た。最上は別室に移り、すぐに夜具の中に潜《もぐ》り込んだ。

めざめたのは、正午過ぎだった。最上は顔を洗い、ダイニング・キッチンを覗いた。

料理上手な健がキャベツを刻んでいた。庖丁はリズミカルな音をたてている。

「いい匂いがするな」

「カツと海老フライをこしらえたんですよ。いま、すぐに用意しますんで、ちょっくらお待ちを」

「それじゃ、ご馳走《ちそう》になろう」

最上は、楕円形《だえんけい》の大きな食堂テーブルに向かい、セブンスターに火を点けた。紫煙をくゆらせながら、ざっと朝刊に目を通した。

少しすると、食事の用意が整った。

最上は箸《はし》を取った。カツも海老フライもうまかった。

濃い緑茶を啜《すす》りながら、テレビ・ニュースをぼんやりと観《み》はじめる。交通事故のニュースが終わると、ブラウン管に多摩川の河口が映し出された。

「次のニュースです。けさ八時過ぎ、多摩川河口近くの河川敷《かせんじき》で男性の惨殺体が発見されました。殺された男性は頭部と両手首を鋭利な刃物で切断されていました」

男性アナウンサーが少し間《ま》をとって、言い重ねた。

「男性が所持していた運転免許証、カード、名刺入れなどから亡くなられた方は中野区東中野五丁目に住むフリー・ジャーナリストの石坂敬明さん、四十一歳と思われます。警察は被害者の身許確認を急いでいます。そのほか詳しいことは、まだわかっていません。次は火事のニュースです」

画像が変わった。

（あの石坂が殺されたって⁉）

最上は心底、驚いた。

石坂は、てっきりどこかに潜伏していると思っていた。惨殺されたのが石坂だとしたら、なぜ始末されたのだろうか。

石坂は、小室の死の謎を解く鍵を握る人物だった。また、彼は小室に著名な市民運動家を紹介している。その人物は、なかなか人体実験の告発キャンペーンを張ろうとしなかった。

市民運動家は石坂と共謀して、博愛会総合病院から口留め料を脅し取ったにちがいない。

そのことに最初に気づいた小室を葬《ほうむ》り、次に共犯者の石坂の口を封じたのか。考えられないことではない。

しかし、結論を急ぐのは危険だ。発見された惨殺体の頭部と両手首は切断されているという。仮に石坂の運転免許証、カード、名刺入れを所持していたからといって、被害者がフリー・ジャーナリストとは断定できない。石坂が捜査の目をくらます目的で、自分が殺されたように偽装工作した可能性もある。

「うまかったぜ」

最上は健に言い、ダイニング・テーブルから離れた。奥の納戸に急いだ。

納戸には亀岡と橋爪がいた。二人とも手を拱《こまね》いている様子だった。

口髭の男は横向きに転がっていた。頭の風呂敷は取り除かれていた。

「名前すら言わねえんですよ」

橋爪が最上に声をかけてきた。

「そう。このまま喰い物も水も与えなきゃ、そのうち音《ね》を上げるだろう」

「そうですかね」

「持久戦でいこう」

最上は舎弟頭に言って、口髭の男に歩み寄った。

「けさ八時過ぎに多摩川の河口近くで、石坂らしい男の惨殺体が発見されたぜ。いま、テレビ・ニュースで報じてたよ」

「…………」

「石坂が殺されたんだとしたら、おまえは誰から報酬を貰うんだ？　石坂とつるんでる著名な市民運動家が払ってくれることになってるのかっ」

「石坂？　市民運動家？　おれは、そんな奴らは知らねえな」

口髭の男がそう言って、にやりと笑った。

（探偵の泊をまた脅して、石坂敬明の交友関係を洗わせよう）

最上はそう思いながら、口髭の男の脇腹を蹴った。男がむせながら、血の泡を口から零《こぼ》しはじめた。内臓が破裂したのかもしれない。

「こいつが逃げないよう、しっかり見張っててくれないか。また来るよ」

最上は亀岡に言って、納戸から飛び出した。

泊をどこかに呼び出すつもりだった。

4

コーヒー・カップが空になった。

最上は水で喉を潤した。

西武新宿駅に隣接しているシティ・ホテルのティー・ルームである。午後二時過ぎだった。

最上は私立探偵の泊を待っていた。

卓上には、石坂敬明の著書が二冊載っている。

ここに来る途中、買い求めた本だ。どちらも現代社会の歪《ひず》みを抉《えぐ》る重いテーマのノンフィクションだった。

(社会派ノンフィクション・ライターは二つの顔を巧みに使い分けてたのかもしれないな)

最上は煙草に火を点けた。

半分ほど喫ったとき、泊がやってきた。灰色のスーツの上に、黒革のハーフ・コートを羽織っていた。

最上は片手を挙げた。

泊がせかせかとした足取りで近づいてきた。いつもの猫背だった。

向かい合うと、泊は不安顔で問いかけてきた。

「今度は何をやれと?」

「この本の著者のことは知ってるよな?」

最上は卓上の二冊の本を泊に手渡した。

泊はカバー袖の著者のプロフィールに目をやった。写真付きだった。

「この男には見覚えがあるな。そうだ、殺された小室大輔と会ってた男ですよ」

「その石坂が誰かに殺されたかもしれないんだ」

最上は、テレビ・ニュースで知ったことを話した。

「それは知りませんでした。きのう、ちょっと深酒したもんでね」

「結構な身分じゃないか。それはそうと、石坂の交友関係を徹底的に調べてほしいんだ」

「また、只働きさせられるのか。まいったな」

泊がぼやいて、近づいてきたウエイターにコーヒーを注文した。ウエイターが遠のくと、最上は上体を前に傾けた。

「断ってもいいんだぜ。その代わり、あんたは廃業に追い込まれるだろうな」

「や、やりますよ。やりゃ、いいんでしょ」

「よろしく！　石坂が出入りしてた雑誌社やライター仲間から何か引き出せるはずだ」

「この石坂って男が小室殺しに関与してるんですか？」

「その疑いが出てきたんだ」

「ということは、小室殺しに博愛会総合病院は関与してなかったんですね？」

「うん、まあ」

最上は曖昧《あいまい》に答えた。

「そういえば、病院のほうはどうなりました？」

「川手が人体実験をした疑いは濃厚なんだが、立件が難しそうなんで、こっちは手の打ちようがないんだよ」

「それじゃ、福田さんもほっとしてるだろうな」

「そうかもしれない」

「石坂の交友関係を調べ上げたら、どうしましょう？」

泊が訊いた。最上は携帯電話の番号を教え、卓上に一万円札を置いた。

「何なんです、その金は？」

「コーヒー代だ。釣銭は、あんたにやる。ゆっくりひとりでコーヒーを飲んでくれ」

「わたしを只働きさせるのは、これで終わりにしてくださいよね」

泊が真剣な表情で言った。

最上は生返事をして、ソファから立ち上がった。ティー・ルームを出ると、最上はホテルの地下駐車場に降りた。

ボルボで、東中野に向かう。十数分で、石坂の自宅マンションに着いた。

最上は車を裏通りに駐《と》め、マンションまでゆっくりと歩いた。覆面パトカーはどこにも見当たらない。捜査員らしい人影も目に留まらなかった。

最上は三〇一号室に急いだ。

ドアに耳を押し当てる。石坂の部屋の中に人のいる気配はうかがえない。

最上は万能鍵を使って、ドア・ロックを解《と》いた。室内に忍び込み、シリンダー鍵を倒した。

合鍵を持った者が不意に訪ねてくるかもしれない。最上は布手袋を嵌《は》め、チェーン・ロックも掛けた。そのついでに、シリンダー錠に付着した自分の指紋をきれいに拭い取った。

最上は奥に進んだ。

間取りは1LDKだった。リビングは仕事場として使われていたようだ。パソコン、机、書棚、資料棚、スチール・キャビネットなどが所狭しと並んでいる。

最上は、まず資料棚に目を留めた。

国内外の時事ファイルが年代順にまとめられ、人物ファイルがアイウエオ順に整理されていた。

最上は、アのファイルを手に取った。各界で活躍中の著名人に関する新聞や雑誌のスクラップが貼ってあった。

その中に、二十数年前から市民運動のリーダーとして活躍している赤座聡《あかざさとし》の切り抜きも混じっていた。その数は群を抜いて多かった。

最上も、赤座のことは知っていた。

五十七歳の赤座は、しばしばマスコミに登場している。哲学者じみた風貌で、どこかカリスマ性がある男だ。

赤座は一流国立大学を出ると、革新系都知事のブレーンのひとりになった。三十歳のときにブレーン・グループから離れ、北海道で酪農家を志した。しかし、その夢は二年数カ月で潰《つい》えてしまった。

その後、数人の仲間と古本屋や印刷所の経営に携わるかたわら、市民運動組織『民《たみ》の声』を結成し、代表世話人になった。一九八〇年の初頭から情報公開、夫婦別姓、直接立法、環境アセスメント条例などを提起し、多くの共鳴者を得た。

九〇年代に入ると、市民運動は社会に広く受け入れられるようになった。

それまでは対立関係にあった財界人でさえ、市民運動団体の意見に耳を傾けるようになった。それどころか、地球環境問題では市民団体、学者グループ、経済団体が新しい法律や条例の制定をめざして手を組んでいる。

それほど市民運動はパワーを持ったわけだ。事実、『民の声』のような全国組織の市民団体に排ガスやフロン汚染などで嚙みつかれたら、自動車メーカーや家電メーカーは商売に影響が出てくる。市民運動団体は、それだけ怖い存在と言えるだろう。

現代社会は官も民も腐敗しきっている。市民団体が嚙みつく材料には事欠かない。

(『民の声』を敵に回したら、政治家、高級官僚、経済人も太刀打《たち》ちできなくなる。彼らが悪魔に魂を売り渡したら、最強の恐喝組織にもなるわけだ)

最上は、石坂が赤座と手を組んで博愛会総合病院から巨額を脅し取ったのではないかという疑いを深めた。

二人は小室から聞いた人体実験のことを手塚院長にちらつかせたのではないか。何らかの方法で、小室はその悪事を知った。そのために抹殺されてしまった。

これまでの流れを整理すると、やはり、そう思えてくる。

最上は、赤座に関するスクラップをすべて自分のポケットにしまい込んだ。『民の声』の事務所は代々木にある。赤座の自宅は、世田谷区奥沢《おくさわ》にあるはずだ。

最上はキャビネットや机の中まで調べてみたが、石坂と赤座を結び付ける物は何も見つからなかった。

最上は諦《あきら》め、石坂の部屋を出た。ドア・ノブの指紋を拭ってから、布手袋を取る。

車に戻ると、最上は博愛会総合病院の手塚院長に電話をかけた。

「川手と福田を手術台に寝かせる準備に取りかかってるかな？」

「それはまだだが、約束は必ず守るよ。神宮さんの遺族には近々、三億円の小切手を持参するつもりだ」

「そうか。きょうは、別の件で電話したんですよ」

「別の件？」

「そうだ。石坂というフリー・ジャーナリストと『民の声』の代表世話人の赤座聡が院長を訪ねてきたことがあるね？　神宮幹雄の人体実験のことで話を聞きたいとか何とか言って」

「いや、そんなことはなかったよ」

手塚の声には、かすかな狼狽が感じられた。

「院長、正直に答えてほしいな」

「ほんとうに、そういう連中は来てないよ。ただ……」

「最後まで喋ってもらおう」

「一月中旬ごろ、石坂と赤座の代理人と称する富永雅樹《とみながまさき》と名乗るインテリやくざっぽい四十五、六の男が訪ねてきたことはある」

「そいつは、人体実験のことを知ってたのか？」

「ああ、知ってた。その男は条件次第では、石坂と赤座の二人が騒ぎ立てないよう手を打ってやってもいいと切り出したんだ」

「工作費を要求されたんだな？」

「そうだよ」

「いくら払ったんだ？」

「一億五千万円の小切手を渡すことになってしまった」

「富永という男は、組の名を出したのか？」

「それは言わなかったね。しかし、堅気には見えなかったんで、なんか怕《こわ》くなってしまったんだ」

「その後、富永は？」

最上は訊いた。

「一度も現われなかったよ。川手君の人体実験のことを詳しく知ってるという石坂と赤座も何も言ってこなかった」

「院長、あんたはマッチ・ポンプに引っかかったな」

「マッチ・ポンプだって⁉　それじゃ、富永という奴は石坂、赤座の二人と結託してたと？」

「そう思って間違いないだろう。小室さんは、人体実験のことは石坂と赤座にしか話してないんだ。きっと二人は、富永という奴に恐喝の材料を提供したんだろう」

「そういうことだったのか？」

「石坂は最初、著名な市民運動家の赤座を動かす気だったんだろう。しかし、赤座は悪事の片棒を担《かつ》ごうとしなかった。いや、その気はあったのかもしれない。だが、自分が表面に出るのはまずいと考えたんだろう。そして、筋者の富永に集金を頼んだんじゃないかな」

「そうだとしたら、石坂も赤座もとんでもない悪党だ」

「二人を刑事告訴する気なら、全面的に協力しますよ。そうなったら、病院の医療事故や人体実験のことも明るみに出てしまうがね」

「二人を告訴することは諦めるよ」

手塚が忌々《いまいま》しそうに言った。

「富永の名刺は、まだ処分してないね？　連絡先を教えてほしいんだ」

「名刺は出さなかったんだよ、あの男。富永と名乗っただけで、いきなり人体実験のことを持ち出したんだ。こっちは不意を衝《つ》かれて、富永の言いなりになってしまったんだよ」

「苦労知らずなんだな。いいだろう、富永のことはこちらで調べ上げる。くどいようだが、約束を反故《ほご》にしたら、あんたの人生は破滅だぜ」

最上は手塚を脅し、いったんポケットフォンの終了キーを押した。すぐに実家に電話をする。

受話器を取ったのは、部屋住みの健だった。

「おれだよ。亀さんに替わってくれないか」

最上は言った。少し待つと、亀岡の声が響いてきた。

「若、あっしです」

「口髭の男は、どうしてる？」

「だんまり戦術で往生してまさあ。アキレス腱《けん》を片方、ぶっ千切《ちぎ》ってやろうと思ってんですが、どうでしょ？」

「そんなことをしたら、逆効果になるだろう。しばらく放っときなよ」

「わかりやした」

「亀さん、富永雅樹って名に聞き覚えはないかな。四十五、六のインテリやくざ風の男らしいんだが……」

「富永雅樹ね。どっかで聞いたことのある名だな。ちょっと待ってくださいよ。いま、思い出しますんで」

「時間はたっぷりあるんだ。ゆっくり思い出してくれないか」

「若、思い出しましたよ。富永って野郎は、稲森《いなもり》会の元理事でさあ。二年前まで傘下の富永組の組長だったんですが、組を解散したんです」

「足を洗ったのか」

「ええ、一応ね。けど、そいつは見せかけでしょう。確か富永は、稲森会直系の企業舎弟のトップでさあ」

「そう」

最上は短く答えた。

稲森会は関東で最大勢力を誇る広域暴力団で、構成員は一万人近い。麻薬密売と管理売春が主な資金源だが、表稼業の商売にも精出している。テナント・ビルやマンションの賃貸、中古外車や重機の販売、飲食店、ペット・ショップ経営と手広く事業を手がけ、それぞれ収益を上げていた。

「富永は有名私大の商学部出で、稲森会の株の運用を任されてるはずでさあ」

「その企業舎弟《フロント》の社名は？」

「そこまではわかりません。けど、少し時間を貰えりゃ、調べられまさあ」

「それじゃ、調べてくれないか。また後で電話するよ」

「わかりやした」

亀岡が先に電話を切った。

最上はボルボを代々木に走らせた。『民の声』の本部事務所は代々木三丁目にある。雑居ビルの一室だった。

最上はスピード名刺屋に立ち寄り、週刊誌の特約記者の肩書のある偽名刺をこしらえた。雑誌社は実在するが、氏名はでたらめだった。

『民の声』の本部事務所を訪れたのは、午後四時ごろだ。

事務所の中には、若いスタッフが数人いるだけだった。最上は出入口に近い席にいる二十七、八の女性に声をかけた。

「『週刊ワールド』の者ですが、赤座さんにお目にかかりたいんです」

「赤座は、京都に講演で出かけました。何かお約束でも？」

「いいえ、アポなしです。特別企画で赤座さんの半生を六ページの特集記事にまとめさせてもらうつもりなんですが、きょうはインタビューを受けていただけるかどうか打診にうかがったんです。帰京されるのは？」

「今夜八時過ぎには、東京に戻る予定になっています。でも、多分、ここには戻らずに、自宅に……」

「それじゃ、明日、また伺います」

「失礼ですが、お名前を教えていただけますか？」

「中村一郎です」

最上は、ありふれた氏名を騙《かた》った。偽名刺は出さなかった。

「何時ごろ、お見えになります？」

「午前中に電話を差し上げて、赤座さんのご都合のよい時間にお邪魔するつもりです」

「わかりました」

「赤座さんの生き方は清々《すがすが》しいですよね。最近、提唱されている自然エネルギーの促進には、わたしも全面的に賛成です。これ以上、地球を汚しちゃいけません」

「ほんとですね」

「赤座さんは時代のリーダーだと尊敬してるんですが、欲を言えば、もっと市民生活の生々しいテーマも掬《すく》い上げてもらいたいな」

「代表世話人は、そういうことにもちゃんと目を向けてます。市民を苦しめてるものすべてにちゃんと……」

「たとえば、どんなことに目を向けてるんです？」

「高金利と根保証《ねほしょう》で零細企業とその連帯保証人を苦しめてる商工ローン会社の悪質な取り立ての実態、産廃業者のダイオキシン濃度数値の改ざん、電話会社の顧客情報の流出などの調査を進めて、民間企業にもクレームをつける準備をしてるんです」

「それは頼もしいな。政治家どもは有名企業と癒着《ゆちゃく》してるから、まともに不正を取り上げようとしない。赤座さんが立ち上がれば、問題のある民間企業も少しは反省するでしょう」

「反省する前に、きっと震え上がるでしょうね。楽しみだわ」

女性スタッフが目を輝かせた。

（いま彼女が言ったことは、その気になれば、どれも恐喝材料になるな）

最上は胸底で呟いた。

「組織のメンバーの中には、消費者保護運動まで手を広げるのはどうかという意見もあったんですよ。弾劾《だんがい》した企業には逆恨《さかうら》みされるでしょうし、場合によっては暴力団関係者が押しかけてくるかもしれないでしょ？」

「そうだね。しかし、赤座さんはそういう反対を押し切って、あなたがさっき言ったようなことにも取り組み始めたわけだ？」

「ええ、そうです。代表世話人は、とても勇気があると思います。それに、プライベートな悩みを抱えながらも、市民運動をつづける姿勢が素晴らしいですよね」

「プライベートな悩みって？」

「代表世話人は五年前から奥さんに老人介護サービス会社の経営をさせてるんですが、赤字つづきで何億もの借金があるんです。あら、つい余計なことまで喋ってしまったわ」

女性スタッフが首を竦《すく》めた。

「それは大変だな」

「インタビューのとき、代表世話人のプライベートな悩みには触れないでくださいね」

「ええ、わかりました。ところで、フリー・ジャーナリストの石坂敬明さんは赤座さんと親しいんでしょ？」

「石坂さんは二、三年前から、時々、ここに来られてました。代表世話人とは年に一、二度、一緒に山登りをしてたようです。石坂さんとはお知り合いなんですか？」

「ええ、まあ」

「あの方、誰かに殺されたんでしょ？　テレビのニュースで、石坂さんと思われる惨殺体が多摩川の河口近くの河川敷で発見されたと……」

「そのテレビ・ニュースは、わたしも観《み》ましたよ。あの石坂さんが殺されたなんて、未《いま》だに信じられない気持ちだな。それはそうと、石坂さんと一緒に小室という男が来たことがあるでしょ？」

「ええ、ありますよ。それが何か？」

「別に深い意味はないんです。また明日！」

最上は事務所を出て、ボルボに乗り込んだ。

発見された切断死体は、石坂だったのだろうか。もう司法解剖は終わったのではないか。

最上は車のエンジンをかけてから、所轄の羽田署に電話をした。身分を明かし、電話を刑事課長につないでもらった。

「東京地検の方だそうですね？」

「刑事部の最上といいます。けさ八時過ぎに男の惨殺体が多摩川の河口付近で発見されましたよね？」

「はい。それが何か？」

「被害者と思われる石坂敬明は、わたしの知人なんです。もう身許確認は？」

「はい。司法解剖の結果、被害者は石坂敬明とは別人だと判明しました。頭部と両手首を切断されたのは、宮城県出身の元出稼ぎ労働者でした。仏さんは失業して以来、川崎駅周辺で路上生活してたんです。奥さんが捜索願を出してましてね、胆石の手術痕で本人と確認できたんです」

「亡くなられた方は、なぜ石坂の運転免許証、カード、名刺入れを持ってたんでしょう？」

「そのあたりのことは、まだわかりません。うちの署に明日、特捜本部が設置されることになりましたから、必要でしたら、地検のほうに捜査状況をお伝えしますが」

「いいえ、そこまでしていただかなくても結構です。どうもありがとうございました」

最上は礼を言って、終了キーを押した。

ほとんど同時に、着信音が響いた。電話の主は亀岡だった。

「若、富永がやってる会社は、『セントラル・トレーディング』って名でさあ。オフィスは、赤坂五丁目の茜《あかね》ビルの三階にあるそうです」

「動きが早いね。助かったよ」

「気をつけてくださいよ、相手は素人じゃねえんですから」

「わかってるよ」

最上は通話を打ち切り、ボルボを赤坂に向けた。

自分が殺されたように細工した石坂とインテリやくざの富永は、どこかでつながっているはずだ。石坂は、富永に匿《かくま》われているとも考えられる。

最上は徐々に加速しはじめた。

第四章　怪しい経済やくざ

1

茜《あかね》ビルはTBSテレビの裏手にあった。

一《ひと》ツ木《ぎ》公園の並びだ。十一階建てのモダンなオフィス・ビルだった。

最上はビルの中に入った。エントランス・ロビーの壁には、ちゃんと『セントラル・トレーディング』のプレートが掲《かか》げられている。

最上はエレベーターで三階に上がった。

富永のオフィスは、エレベーター・ホールの左側の奥にあった。最上は反対側に歩き、非常階段の踊り場に出た。

冷たい風が下から吹き上げてきた。スラックスが風を孕《はら》み、はたはたと鳴りはじめた。

最上は携帯電話を懐から取り出し、NTTの番号案内係に『セントラル・トレーディング』の電話番号を問い合わせた。

シークレット・ナンバーにはなっていなかった。すぐに最上は富永のオフィスに電話をかけた。

受話器を取ったのは、若い男だった。

最上は声のトーンを変え、いきなりまくしたてた。

「おい、富永おるやろ。早《はよ》う電話口に出さんかい！」

「どちらさんでしょう？」

「神戸の山根《やまね》組の者《もん》や。富永に話があんねん」

「少々、お待ちください」

相手の声が途切れ、甘やかな旋律が流れてきた。『ムーン・リバー』だった。ほどなく音楽が熄《や》み、落ち着きのある中年男の声がした。

「富永です。山根組の方だそうですね？」

「そや。富永はん、汚いことするやんけ」

「なんのことでしょう？」

「博愛会総合病院から一億五千万脅し取ったやろうが。わしは、そのことを言うてるんや。わし、手塚院長の代理人や。一億五千万の小切手、返してもらおうやないか」

「待ってください。おっしゃられてる意味がよくわからないんですがね」

「とぼけるんやない。あんたはフリー・ジャーナリストの石坂か市民運動家の赤座から、人体実験のことを聞いたはずや。それで、手塚院長に会いに行ったんやろうが。稲森会の代紋汚してもええんかっ」

「わたしは、もう稲森会とは縁の切れた人間です」

「それは表向きの話やろ。『セントラル・トレーディング』が稲森会の企業舎弟《サシ》やいうことぐらい知ってるわ。とにかく、表に出て来いや。わし、ビルの前におるねん。一対一で話《ナシ》つけようやないか」

最上は電話を切り、三階の廊下に戻った。エレベーター・ホールにゆっくり歩く。

ホールの手前に差しかかったとき、『セントラル・トレーディング』から二人の男が飛び出してきた。

ともに三十歳前後だった。きちんと背広を着ているが、どことなく荒《すさ》んだ感じだ。稲森会の構成員だろう。

二人は、あたふたとエレベーターに乗り込んだ。

函《ケージ》の扉が閉まった。

最上は富永のオフィスに走った。腰の後ろからサイレンサー付きの自動拳銃を引き抜く。

口髭の男から奪ったワルサーP5だ。残弾は三発だった。

『セントラル・トレーディング』の中に躍《おど》り込み、最上は奥に向かった。

トレーディング・ルームの中に、商社マンふうの四十五、六の男がいた。回転椅子に腰かけていた。

「富永やな！」

最上は銃口を相手の胸部に向けた。

「ええ、富永です。あなた、関西の極道には見えませんな。何者なんです？」

「わしは山根組の者や。あんた、石坂をどこに匿《かくま》っとるんや！」

「石坂などという男は知りません。それに、なんとかって病院にも行った覚えはありませんね。あなたは何か勘違いされてるようだ。お引き取りください」

「わしをおちょくっとるんか。あんた、撃《ハジ》かれたいんやなっ」

「お帰りください」

富永が穏《おだ》やかに言い、机の下に右腕を伸ばした。その直後、警報がけたたましく鳴り響きはじめた。

同じフロアにいる人間が次々に富永の事務所の様子を見に来るだろう。いまは退散したほうがよさそうだ。

「決着《オトシマエ》はきっちりつけたる。忘れるんやないで！」

最上は大声で喚《わめ》き、富永に背を向けた。出入口に向かいながら、消音器付きのワルサーＰ５を腰の後ろに戻す。

『セントラル・トレーディング』を飛び出すと、早くも廊下に野次馬が集まっていた。

最上はうつむき加減に廊下を駆け、非常口まで一気に走った。非常階段を駆け降り、ビルの裏手の通りに出た。

(失敗《ドジ》っちまったな。しかし、富永の面《つら》は憶《おぼ》えられた)

最上は大きく迂回《うかい》して、一ツ木公園の横に駐《と》めてあるボルボの中に戻った。

煙草に火を点けようとしたとき、検察事務官の菅沼から電話がかかってきた。

「最上検事、無断欠勤はまずいですよ」

「馬場部長、何か言ってた?」

「服務規定を守れないような人間は、検事をやる資格がないなんて聞こえよがしに言ってました」

「そうか。ちょっと熱があるんだ。二、三日前から風邪気味だったんだがね」

最上は、もっともらしい嘘をついた。

「病院には行かれたんですか?」

「いや、行ってない。市販の風邪薬を服《の》んで寝てたんだ」

「熱はどのくらいあるんですか?」

「三十八度五分だから、たいした熱じゃない。明日は出勤できるだろう」

「そうですか。でも、あまり無理をしないほうがいいですよ。もし明日も来られないようでしたら、部長には最上検事から欠勤したいという連絡があったと言っときます」

「ああ、よろしくな」

「それじゃ、お大事に」

電話が切れた。

最上は一服してから、車を走らせはじめた。茜ビルの数十メートル手前でボルボを停め、変装用の黒縁眼鏡をかけた。いつものように前髪も垂らした。

富永をマークしつづければ、何か手がかりを摑めるにちがいない。

運がよければ、今夜にも石坂の隠れ家《かくが》がわかるだろう。あるいは、市民運動家の赤座と接触する現場を目撃できるかもしれない。

最上は腰を据えて、張り込みに取りかかった。

私立探偵の泊から連絡が入ったのは、午後七時半過ぎだった。

「石坂はギャンブル好きで、何年も前から稲森会が仕切ってる秘密カジノに出入りしてたそうです」

「その情報源は？」

「石坂のライター仲間が教えてくれたんです。稲森会の理事クラスとも面識があるそうですよ。稲森会の会長の自叙伝の代筆も、石坂がやったという噂があるらしいんです。その話の真偽までは確かめられませんでしたけどね」

「稲森会の元理事の富永雅樹という男とも親交があるはずなんだがな」

「そこまではわかりませんでした。ただ、石坂は『民の声』の赤座代表世話人とは親しくしてるそうです」

「それは、おれも知ってる。『民の声』の本部事務所に行ってきたんだ」

「そうですか。それから、石坂は六年前に離婚してますね」

「別れた女房は都内に住んでるのかな？」

「いいえ、ブラジルのリオデジャネイロにいるって話でした。細君だった女性は元雑誌編集者とかで、いまは向こうで邦字新聞の記者をしてるそうです」

「石坂の出身地は？」

「青森県だそうですけど、もう十年以上も郷里には帰ってないだろうって話でしたよ」

「そうか。まだ男盛りなんだから、愛人はいそうだな」

最上は言った。

「特定の女性はいなかったようですけど、新宿歌舞伎《かぶき》町二丁目の上海《シャンハイ》クラブにはちょくちょく飲みに行ってたみたいですね」

「その店の名は？」

「えーと、『秀麗《しゅうれい》』だったかな。多分、その店にお気に入りのホステスがいるんでしょう」

「そうなんだろうな」

「調査でわかったことは以上です。もうこれで、お役ご免にしてくださいよね」

「ひとまず、そうしてやろう」

「えっ、まだ解放してもらえないんですか!?」

「あんたには、半《なか》ば永久的におれの情報屋になってもらう」

「じょう、冗談じゃありませんよ」

「あんたは、おれに逆《さか》らえない立場なんだぜ」

「悪党!」

泊が悪態をついて電話を切った。

最上は薄く笑って、ポケットフォンの終了キーを押した。いたずらに時間だけが過ぎていく。

茜ビルの地下駐車場からブリリアント・シルバーのメルセデス・ベンツが走り出てきたのは、九時十分ごろだった。

ステアリングを握っているのは、富永自身だ。助手席にも後部座席にも、ボディ・ガードの姿はない。

最上は慎重にベンツを尾《つ》けはじめた。

富永の車は外堀通りに出ると、新橋方面に向かった。銀座の高級クラブに飲みに行くのか。

だが、ベンツは新橋駅の近くにあるシティ・ホテルの地下駐車場に入った。最上も少し時間を遣《や》り過ごしてから、ボルボごと地下駐車場に潜《もぐ》った。

ちょうど富永がベンツから降りたところだった。最上は急いでボルボを駐め、富永の後を追った。

富永は階段を使って、一階ロビーに上がった。

誰かと待ち合わせているらしい。最上は追尾しつづけた。

富永が吸い込まれたのは、フロントから最も離れた場所にあるバーだった。照明は割に暗い。

最上は七、八分経ってから、バーの中に入った。

右手にカウンターがあり、左側にテーブル席があった。テーブルの上にはキャンドルが置かれ、赤い光が揺らめいていた。カップルが目立つ。

富永は中ほどのテーブルにいた。出入口に背を向ける形だった。

三十代半ばのサラリーマンふうの男と向かい合っていた。卓上には、ドライ・マティーニのグラスが二つ置かれている。

その席の斜め後ろのテーブルは空いていた。

最上は、その席に坐った。富永とは背中合わせの恰好《かっこう》だった。最上はウエイターにトム・コリンズを注文した。ジンをベースにしたカクテルだ。

最上は紫煙をくゆらせながら、耳をそばだてた。

富永と向かい合っている男は、証券会社の社員のようだった。アメリカのヘッジファンド・グループの最近の動きを富永に熱心に説明している。

「それじゃ、もうしばらく売りも買いも控えたほうがいいね」

「はい、そのほうがよろしいかと思います。しかし、ベルギーとスイスの国債は来月上旬には少し買い増したほうがいいと思います」

「そう。例のバイオ関連株では二億ほどマイナスをこしらえちゃったから、何かで挽回《ばんかい》しないとね」

「富永社長は勝負どころを心得てらっしゃるから、二億や三億の損失ぐらいはどうってことないでしょう」

「いやいや、わたしは小心者だからね」

「ご冗談を……」

二人は高く笑い合った。

株談義は、なかなか終わらなかった。いつの間にか、最上はトム・コリンズを三杯空けていた。

富永たちが腰を上げたのは、十時半過ぎだった。インテリやくざは連れを先に帰らせ、カードで支払いを済ませた。

最上は大急ぎで勘定を払い、富永を追った。すでに富永は地下駐車場に降りていた。

最上も地下駐車場に下《くだ》った。

富永のベンツは走路をゆっくり進んでいた。最上は自分の車に駆け寄った。

ふたたびベンツを尾行しはじめる。ベンツは芝大門《しばだいもん》方向に進み、やがて桜田《さくらだ》通りに入った。

(愛人の家にでも行くんだろうか)

最上はそう思いながら、ボルボを走らせつづけた。

ベンツはしばらく桜田通りを直進し、清正公《せいしょうこう》前から目黒通りに入った。二つ目の交差点を右に折れた。白金《しろかね》の閑静な住宅街だ。

富永の車は数百メートル走り、豪壮な邸宅の中に消えた。

最上は邸宅の少し手前でボルボを停め、静かに外に出た。富永が吸い込まれた家の門の前まで歩く。

富永という表札が出ていた。インテリやくざの自宅だろう。

カー・ポートにベンツが見えるが、富永の姿はない。もう家の中に入ったようだ。

(石坂は、この家の中に匿《かくま》われてるんだろうか)

最上は、前庭を覗き込んだ。次の瞬間、ポーチの横で犬が高く吼《ほ》えた。鎖でつながれたドーベルマンが最上を見て、低く唸りはじめた。

富永が家の中から出てくるかもしれない。

最上はボルボに駆け戻った。富永邸からは誰も飛び出してこない。

(新宿の上海クラブに行ってみるか)

最上は車を走らせはじめた。

住宅街を走り抜け、近くの明治通りに出た。道なりに進めば、新宿に達する。

『秀麗』を探し当てたのは、午前零時近い時刻だった。

店は花道《はなみち》通りから一本奥に入った裏通りにあった。バー・ビルの七階だった。

最上は車をバッティング・センターの近くに駐め、上海クラブに急いだ。

『秀麗』のドアを押すと、黒服の若い男が近づいてきた。

「ここは会員制の店なのかな？」

最上は訊いた。相手がたどたどしい日本語で言った。

「そうね。ここ、メンバースよ。初めてのお客さん、駄目ね」

「石坂の友人なんだよ。石坂のこと、知ってるだろ？」

「はい、よく知ってるね。でも、お客さん、石坂さんと一緒じゃない。それ、困るよ」

「あまり堅いことを言わないで、一杯だけ飲ませてくれよ。石坂が気に入ってる美人の上海娘をひと目見たいんだ。その娘《こ》、なんていう名だったかな？」

最上は言いながら、黒服の男に小さく折り畳んだ一万円札を握らせた。男は一瞬、当惑顔になったが、すぐに紙幣を胸ポケットにしまい込んだ。

「春芳《チュンファン》さんね。あなた、前に石坂さんと一緒に来たことにする」

「ああ、わかった。その春芳って娘《こ》をおれの席に呼んでほしいんだ」

最上は男に耳打ちした。男が笑顔でうなずき、案内に立った。

店内は仄暗《ほのぐら》い。ボックス・シートが六つほどあり、客が三組ほど入っていた。日本人客ばかりのようだ。中国語は聞こえてこない。

六人のホステスは、揃《そろ》って美人だった。全員、切り込み《スリット》の深いチャイナ・ドレスを身につけている。

最上は出入口に近い席に坐らされた。

「石坂さんのボトル、あるね。それ、持ってくるよ」

黒服の男が最上に低く言い、奥の席にホステスを呼びに行った。彼は、すらりと背の高いホステスを伴《ともな》って戻ってきた。

「春芳さんね」

黒服の男が細身の美女を最上のかたわらに腰かけさせ、すぐに下がった。春芳が名乗り、滑らかな日本語で問いかけてきた。

「あなた、石坂さんの友達なんですって？」

「そうなんだ。きみのことは、石坂からよく聞かされてたんだよ。想像以上の美人だね。あいつがきみに夢中になるわけだ」

「わたし、石坂さん、あまり好きじゃない。いいお客さんだけど、ちょっと中国人を見下《みくだ》してるね。お金で、どうにでもなると思ってるみたいなの。こういう仕事をしてるけど、わたしたちは売春婦じゃない」

「石坂がだいぶラフなことを言ったようだな」

最上は煙草をくわえた。春芳が女物のライターで火を点けてくれた。

黒服の男がスコッチ・ウイスキーのボトルやグラスを運んできた。彼は片膝を落とし、手早く水割りをこしらえた。春芳の前には、水色のカクテルが置かれた。

黒服の男が遠ざかると、最上たち二人は軽くグラスを触《ふ》れ合わせた。

「石坂さんと同じ仕事をしてるの？」

春芳がカクテルをひと口啜《すす》って、すんなりと長い脚《あし》を組んだ。ほどよく肉の付いた太腿《ふともも》が露《あらわ》になった。妙になまめかしかった。

「いや、おれは市場調査の仕事をしてるんだ」

「そうなの。石坂さんよりも若いんでしょ？」

「三十四だよ、おれは」

「女性にモテそうね。ハンサムだけど、にやけた感じじゃないから」

「おれのことより、石坂のことを話そう。おとといから、彼に連絡がつかないんだ。きみ、石坂がどこにいるか知らない？」

「知らないわ。五日ほど前に店に来たけど、早目に帰っていったの。それきり会ってないし、連絡もないわ」

「そう。石坂は、いつもひとりで飲みに来てたの？」

「たいていそうね。でも、一度だけ五十代の男性と来たことがあるわ。あのお客さん、なんて名だったかしら?」

「もしかしたら、赤座さんかな」

「ええ、その方よ」

「それは、いつごろのこと?」

「あなた、石坂さんのことばかり話題にしてる。わたしに興味がないんだったら、別の女の子とチェンジしてもいいのよ」

「きみには大いに関心があるんだ。しかし、きみは石坂のお気に入りの娘《こ》だから、口説《くど》くわけにはいかないじゃないか」

「わたし、彼の愛人なんかじゃない。だから、わたしを口説いてみて」

「オーケー、わかった」

最上は春芳のくびれた腰に片腕を回して、ぐっと抱き寄せた。春芳がしなだれかかってきた。

(この娘《こ》と親密になれば、もっと何か手がかりを得られるかもしれない。息抜きを兼ねて、ホテルに誘ってみるか)

最上はグラスを呷《あお》った。

2

瑠璃色《るりいろ》のチャイナ・ドレスが床に落ちた。

なんと春芳《チュンファン》はブラジャーもパンティも身につけていなかった。

最上は声をあげそうになった。

白い柔肌が眩《まばゆ》い。果実のような乳房は、たわわに実っている。くびれたウエストが悩殺的だ。短冊《たんざく》の形に繁った飾り毛は、オイルをまぶしたようにつややかだった。

「シャワーを浴びてきます」

春芳が生まれたままの姿で浴室に消えた。

歌舞伎町のアシベ会館の裏にある六階建てのホテルの一室だ。一応、シティ・ホテルの造りだが、大半の客が情事に使っている。

午前一時過ぎだった。最上は『秀麗』が閉店になってから、春芳とこのホテルに入ったのである。

ダブル・ベッド・ルームだった。

湯の弾ける音が響いてきた。最上は黒いラブ・チェアに腰かけ、煙草に火を点けた。

脈絡もなく恋人の玲奈の顔が脳裡に浮かんだ。いくらか後ろめたかったが、春芳と肌を重ねたいという気持ちも強かった。

美しい花を見れば、その香りを嗅ぎ、手折《たお》ってみたくなる。それが男の生理というものだろう。

最上は自己弁護をしながら、短くなったセブンスターの火を揉み消した。

ておいたのだ。

そのすぐあと、懐で携帯電話が打ち震えた。『秀麗』を出るとき、マナー・モードに切り替えておいたのだ。

ポケットフォンを耳に当てると、代貸の亀岡の声がした。

「若、面目《めんぼく》ありやせん。たったいま、口髭の男に逃《フ》げ《ケ》られちまったんです」

「また、どうして？」

「逃げた野郎、腹が痛《いて》えから、トイレに行かせろって言ったんでさあ。それで健を見張りにつけたんですが、野郎は手洗いに入る振りをして逃げやがったんです。健は一発で殴り倒されちまって。若《わ》え《け》のに、だらしのない奴です」

「で、健ちゃんに怪我は？」

「それはありません。部屋住みの若い連中と橋爪がすぐに野郎を追ったんですが、途中で見失っちまったらしいんでさあ」

「ま、いいさ」

「こんなことになったのは、あっしの責任です。申し訳ござんせん」

「亀さん、気にするなよ。あの男は、どうせ口を割らなかっただろう」

「それにしても……」

「いいんだよ。ご苦労さんだったね」

最上は亀岡をねぎらって、先に電話を切った。刺客に逃げられてしまったことは残念だが、亀岡たちを咎《とが》める気にはなれなかった。

最上は腰の後ろから、消音器付きの自動拳銃を引き抜いた。

手早くサイレンサーを外し、ワルサーP5を先に上着のポケットに突っ込んだ。消音器は反対側のポケットにしまった。

上着を脱いで、ラブ・チェアの隅に丸めて置いた。

ちょうどそのとき、純白のバス・ローブをまとった春芳が浴室から出てきた。肌はピンク色に色づいていた。

「ようやく体が温《あたた》まったわ」

「いつもドレスの下に何もつけてないの？」

「ええ、お店に出てるときはね。帰るときは、ちゃんと下着をつけるのよ。でも、きょうはどうせすぐに素っ裸になると思ったから、ドレスの上に毛皮のコートを羽織ってお店を出てきちゃったの。外で、あなたをあまり長く待たせるわけにはいかないでしょ？」

「優しいんだな、きみは」

「あなたが好みの男性だからよ。そうだ、あなたのお名前をまだ教えてもらってなかったわね」

「中村だよ。中村一郎っていうんだ」

「憶《おぼ》えやすい名前ね」

「そうかもしれないな」

「シャワー、どうぞ！　わたし、ベッドの中で待ってるわ」

「それじゃ、ざっとシャワーを浴びてくる」

最上はラブ・チェアから腰を浮かせ、バス・ルームに足を向けた。脱衣室で手早く裸になり、ボディ・シャンプーで体を洗った。

黒いバス・ローブを羽織って、浴室を出る。

春芳はベッドに浅く腰かけ、ポケットフォンで誰かと電話中だった。すぐに彼女は電話を切った。

「わたし、お友達と一緒にマンションを借りてるの。その娘《こ》に、今夜はホテルに泊まることになったって電話をしたのよ」

「そう」

最上は春芳に歩み寄った。

春芳が艶然《えんぜん》とほほえみ、ゆっくりと立ち上がった。切れ長の目が色っぽい。最上は春芳を抱き寄せ、形のいい唇をついばみはじめた。

二人はバード・キスを交わしながら、互いのバス・ローブを脱がせ合った。

最上は春芳の舌を吸いつけた。

吸いつけるだけではなかった。舌の裏や歯茎《はぐき》もくすぐるように舐《な》めた。どちらも、れっきとした性感帯だ。

春芳が喉の奥でなまめかしく呻き、大胆に舌を絡《から》めてきた。二人は唾液を啜《すす》り合い、ベッドに倒れ込んだ。

最上は斜めに体を重ね、二つの乳房を交互にまさぐりはじめた。

乳首は硬く張りつめていた。メラニン色素は淡い。

指の間に乳房を挟んで隆起全体を揉み立てると、春芳が息を詰まらせた。少し苦しそうだった。

最上は唇を喉元に移した。春芳が顎を上向かせ、激しく喘《あえ》ぎはじめた。

最上は体をずらし、春芳の乳首を口で捉《とら》えた。吸いつけ、弾き、転がした。春芳の喘ぎは、じきに呻きに変わった。

最上は胸の蕾《つぼみ》を口に含みながら、春芳の下腹に指先を這《は》わせた。

恥毛は、わずかに湿っていた。指先でヘアを掻き起こし、撫でつける。ぷっくりとした恥丘は、マシュマロのようだ。

最上はひとしきり繁みを愛撫し、小さな突起に指を進めた。

その部分は誇らしげに屹立《きつりつ》していた。稜線《りょうせん》は鋭かった。

抓《つま》んで揺さぶると、春芳は幼児のような甘え声をあげはじめた。切なげに腰もくねらせた。

最上は合わせ目を探った。

笹舟《ささぶね》の形に綻《ほころ》び、潤《うる》みにまみれている。最上は愛液を性器全体に塗り拡げ、感じやすい突起を圧《お》し転がしはじめた。

「いい、いいわ。好《ハオ》、好《ハオ》！」

春芳が母国語混じりに言い、腰を大きく迫《せ》り上げた。男の欲情を搔き立てるような痴態だった。

最上は一気に猛《たけ》った。秘めやかな場所に顔を埋めようとしたとき、春芳が切迫した声でせがんだ。

「早くあなたと一つになりたいの」

「コンドームをつけたほうがいいんだろ？」

「ううん、そのままでいいの。いま、赤ちゃんはできない時期だから」

「そうか」

最上は春芳の中に静かに分け入った。

春芳が全身で抱きついてきた。火照《ほて》った肌が心地よい。

最上は動きはじめた。春芳が啜り泣くような声を洩らし、リズムを合わせた。みごとな迎え腰だった。

最上は律動を速めた。

その矢先だった。背後に人の迫る気配がした。

最上は振り向く前に、黒い袋を頭から被せられた。すぐに開口部の紐《ひも》が絞られた。

春芳が両腕で最上の胸板を突き上げ、何か中国語で罵《ののし》った。

「おれを罠に嵌めたんだなっ」

「そうよ。あんた、ばかだわ」

「そうか、電話で石坂を呼んだんだなっ」

「早く離れてよ！」

「くそっ」

最上は春芳から離れ、横蹴りを放った。だが、虚《むな》しかった。

ベッドから引きずり落とされた。襲撃者は、ひとりではなかった。二人だ。

すっぽりと被せられた黒い袋を取り外そうとしたとき、不意に胸を蹴られた。すぐに別の者が脇腹を蹴り込んできた。どちらも鋭い蹴りだった。

最上は反撃できなかった。

体を丸め、筋肉という筋肉を突っ張らせる。少しでもダメージを弱めるためだった。無数のキックを浴びせられ、最上は転げ回った。

春芳が身繕《みづくろ》いを終え、あたふたと部屋を出ていく気配がした。

そのとき、最上の下腹部にひんやりとする物が触《ふ》れた。感触で、すぐに刃物とわかった。

刃渡りは三十センチ前後だ。どうやら匕首《あいくち》らしい。

「おまえら、稲森会の奴らだな。石坂は、どこにいるんだっ」

「マラは萎《しぼ》んでるけど、元気はあるじゃねえか」

男のひとりが、せせら笑った。

「おれをどうする気なんだ?」

「ここで殺したりしねえよ。検事さんよ、よく聞きな。石坂さんのことを嗅ぎ回ってると、長生きできねえぞ」

「おまえら、富永の舎弟どもだな。石坂と富永に言っとけ。生きてる限り、おれは決して尻尾《しっぽ》は丸めないとな」

最上は言い放った。

「この野郎、突っ張りやがって。兄貴、こいつのマラをぶった斬《ぎ》っちゃってくださいよ」

「ガキっぽいことを言ってんじゃねえ。それより、こいつの手足を早く縛りな」

「わかりやした」

男のひとりが部屋の中を動き回りはじめた。床からバス・ローブのベルトを拾い上げる様子が感じ取れた。

「俯《うつぶ》せになれ!」

兄貴分らしい男が最上に命じた。短刀の切っ先は最上の体から離れていた。

いましか反撃のチャンスはない。

最上は腰をスピンさせ、兄貴株の男の向こう臑《ずね》を蹴った。男が呻いて、よろけた。

最上は黒い袋をとって、敏捷に立ち上がった。蹴られた箇所が痛んだ。

「てめえ！」

坊主頭の三十二、三のずんぐりとした男が匕首《あいくち》を中段に構えた。後ろにいる二十八、九の男はバス・ローブの紐を投げ捨て、黒っぽいダブル・ブレストの上着の懐を探った。

取り出したのは、トカレフだった。すぐにスライドが引かれた。

「おい、坐んな」

拳銃を持った男が凄《すご》んだ。二メートルそこそこしか離れていない。

トカレフは殺傷能力が高いことで知られている。至近距離から撃たれたら、まず助からないだろう。

「逆らわないから、トランクスを穿《は》かせてくれないか」

最上は、どちらにともなく声をかけた。すると、後ろの男がいきなり無言で腰を蹴りつけてきた。

最上は前のめりに倒れた。匕首を持った兄貴分らしい男が屈《かが》み込み、寝かせた刀身で最上の頬をぴたぴたと叩いた。

「ここで、てめえを殺《や》っちまってもいいんだぜ」

「殺りたきゃ、殺れよ」

「虚勢を張りやがって。面《つら》が引き攣《つ》ってるぜ」

「別にビビったわけじゃない。そっちの脅し方が月並だったんで、嘲笑したのさ」

最上は言い返した。

次の瞬間、後頭部に激痛を覚えた。トカレフの銃把《グリップ》で強打されたのだ。頭の芯《しん》が白く霞んだ。

最上は両手で頭を抱え、体を左右に振った。

指先が血で濡れはじめた。

頭皮が切れたことで、ひと安心した。内出血のほうが、かえって始末が悪い。

「石坂さんや富永さんの周《まわ》りを二度とうろつくんじゃねえぞ」

兄貴分らしい男が威嚇《いかく》し、匕首を鞘《さや》に収めた。

最上は前の男の両脚を掬《すく》いたい衝動を抑《おさ》えて、首だけを捩《ね》じった。若いほうの男は両手保持でトカレフを構えていた。いつでも引き金を絞れる姿勢だ。

「博愛会総合病院の小室って内科医を殺したのは、口髭を生やしてる殺し屋《プロ》なんだなっ」

「小室だって？」

前の男がオーバーに首を傾《かし》げた。

「いまさら白々しいぜ。おれは小室大輔が消された理由を知ってんだ。彼は、石坂が赤座って市民運動家や経済やくざの富永とつるんで博愛会総合病院の手塚院長から一億五千万を脅し取ったことを知ってしまった。だから、殺されちまったのさ」

「おれにゃ、なんの話かわからねえな」

「もう一つ、石坂と富永に言っといてくれ。連中の悪事はおれだけじゃなく、東京地検刑事部の複数の検事が知ってるってな」

最上は、はったりをかませた。

「その話、ほんとうなのか!?」

「もちろんだ。だから、おまえらがおれひとり片づけても、石坂や富永はもうどうにもならない」

「兄貴、こいつを殺《や》っちまったほうがいいんじゃないの？」

「おまえ、こいつを見張ってろ」

刃物を振り回した男がドアの近くまで離れ、ポケットフォンでどこかに電話をかけた。石坂か富永に指示を仰《あお》ぐ気になったのだろう。

男の声は小さすぎて、よく聞き取れなかった。通話は短かった。坊主頭の男が戻ってきた。

「さっき言ってたこと、地検の誰と誰が知ってんだ？」

「同僚たちの名は絶対に言わない。地検の刑事部にダイナマイトでも投げ込むんだな。もっともその前に、石坂たちは手錠打《ワッパ》たれることになるだろうがね。おまえら二人も早晩、逮捕《パク》られることになるだろう。その前に好きなだけ女を抱いて、酒も飲んどくんだな」

「なめやがって」

「おれに協力するなら、おまえら二人は見逃してやってもいいぜ。どうだい？」

最上は言った。

年嵩《としかさ》の男がいきなり立ち、急に前蹴りを放った。最上は身を躱《かわ》した。蹴りは空にながれた。

「てめえ、ふざけやがって」

男が上着のポケットから、制汗スプレーの缶のような物を取り出した。数秒後、最上は噴霧《ふんむ》を浴びせられた。

瞳孔に痛みを感じ、とても目を開けていられない。すぐに男たちの乱れた足音がした。どうやら逃げる気らしい。

最上は何度も目をしばたたいた。

そのたびに、涙がでた。次第に目の痛みが薄れてきた。

最上は、目を大きく見開いた。

二人組の姿は掻き消えていた。

全裸では追うに追えない。最上は春芳につい気を緩《ゆる》してしまった自分の甘さを呪《のろ》いながら、おもむろに身を起こした。

3

底冷えがする。

夜半には雪になるのかもしれない。それほど寒かった。

最上は鹿革《しかがわ》のハーフ・コートの襟《えり》を立て、身を縮めていた。斜め前にバー・ビルがある。春芳《チユンファン》を尾行するつもりでいた。

ホテルで二人組に痛めつけられたのは、おとといのことだ。もう打撲の疼《うず》きはない。

午後十一時過ぎだった。ボルボは少し離れた場所に駐めてある。

懐で携帯電話が打ち震えた。最上はかじかんだ手でポケットフォンを取り出し、耳に当てた。

「若、あっしです」

亀岡だった。

「やあ。何か急用かい？」

「こないだ逃げた口髭の男の居所がわかったんでさあ。何人かの知り合いに当たって、富永が北青山二丁目にセカンド・ハウスを持ってることがわかったんですよ。セカンド・ハウスといっても、高級マンションの一室なんですがね」

「亀さんは、そのマンションに行ってみたわけだ？」

「そうなんでさあ。『北青山アビタシオン』って名のマンションの六〇六号室なんですが、オート・ロック・システムってやつで、勝手には建物の中には入れねえんです。けど、例の野郎がいることは確かでさあ。あの男が六〇六号室のベランダに出てきたのを、この目で見たんですから」

「やっぱり、あの男は富永に雇われたんだな」

「そいつは間違いありやせんや。おそらく野郎は、稲森会の下部団体《エダ》に属してるんでしょう。でなかったら、どこか別の組織を破門になった一匹狼の殺し屋なのかもしれません」

「稲森会の構成員を刺客《しかく》に選んだら、富永にも捜査の手が伸びる。おおかたインテリやくざは、別の組から弾《はじ》き出された暴れん坊を殺し屋として雇ったんだろう」

最上は言った。

「そうかもしれませんね。ところで、どうします？　口髭の男を拉致《らち》して、また根津の納戸にぶち込んでおきやしょうか？」

「いや、もういいよ。あの男の隠れ家がわかったんだから、何も無理することはないさ」

「若、いいんですかい？」

「ああ。亀さん、もう引き揚げてくれ」

「わかりやした」

亀岡の声が途絶《とだ》えた。

最上は携帯電話を内ポケットに戻し、煙草に火を点けた。足踏みをしながら、辛抱強く張り込みつづけた。

春芳がバー・ビルから現われたのは、十一時五十分ごろだった。

連れはいなかった。真紅《しんく》のミニ・ドレスの上に、毛皮のコートを羽織っている。

最上は大急ぎでボルボに乗り込んだ。

春芳は花道通りを短く歩き、裏通りに入った。最上は低速で追った。春芳は裏通りをたどり、ほどなく職安通りに出た。

どうやらタクシーを拾う気らしい。自宅に帰るのか。それとも、石坂に会いに行くのだろうか。

最上は職安通りの手前で車を停めた。

数分待って、春芳はタクシーに乗り込んだ。タクシーは百人町、北新宿を通過し、山手通りを右に折れた。

最上は細心の注意を払いながら、タクシーを尾けた。

タクシーは中落合《なかおちあい》から目白《めじろ》通りに入り、豊玉《とよたま》方面に向かった。環七通りを突っ切って、そのまま直進した。

(春芳の自宅は、もっと歌舞伎町の近くにあるはずだ。多分、彼女は石坂の隠れ家に行くんだろう)

最上はそう思いながら、タクシーを追尾しつづけた。

タクシーが停まったのは、西武池袋線中村橋駅の近くにある六階建てのマンションだった。春芳はタクシーを降りると、マンションの中に走り入った。玄関はオート・ロック・システムではなかった。

最上は車をマンションの斜め前に駐め、エントランス・ロビーに近づいた。春芳はエレベーター・ホールにたたずんでいた。

最上は植込みの陰から集合郵便受けを見た。ネーム・プレートを端から目で確かめたが、石坂という姓は見当たらなかった。ただ、三〇一号室のプレートには石井と記《しる》されていた。ひょっとしたら、石坂の偽名かもしれない。

春芳が函《ケージ》の中に消えた。

最上はエントランス・ロビーに駆け込み、エレベーターの階数表示盤を見上げた。移動中のランプは三階で停止した。春芳は三〇一号室を訪ねる気なのではないか。

最上はエレベーターを呼んだ。

すぐに函《ケージ》の扉が割れた。最上は三階に上がった。エレベーターを降りたとき、三〇一号室から春芳が飛び出してきた。

彼女は最上に気づくと、棒立ちになった。最上は春芳を睨《にら》みつけた。春芳が急に走りだした。エレベーター・ホールとは逆方向だった。

最上は追った。

廊下の先は行き止まりだった。春芳が立ち竦《すく》んだ。絶望的な顔つきだった。

「おとといはスリルを味わわせてくれたな。礼を言おう。ありがとうよ」

最上は皮肉たっぷりに言った。

「ごめんなさい。仕方がなかったの」

「石坂に言われて、おれをホテルに誘い込んだんだなっ」

「…………」

春芳は目を伏せた。

「相手が女だからって、手加減しないぞ」

「そう、石坂さんが色仕掛けを使えって言ったのよ」

「石坂は前から、おれが『秀麗』に現われるかもしれないと言ってたのか？」

「ええ、そう。あなたの年恰好や顔の特徴を教えてくれたのよ。それで、あなたがお店に来たら、ホテルに誘い込んで電話をしてくれって」

「あの二人組は、やくざだな？」

「多分、そうだと思うわ。石坂さん、荒っぽい奴らにあなたを少し痛めつけさせると言ってたから」

「どこまで知ってるんだ？」

「え？　なんのこと？」

「石坂がインテリやくざや市民運動家と共謀して働いてる悪事のことさ」

「わたし、彼が何をやってるのか、よく知らないの。でも、しょっちゅうお小遣いを貰ってたんで、頼まれたことを断れなかったのよ。お店でも言ったけど、彼みたいな男性は好きじゃないの。でも、セックスするたびに十万円もくれてたから……」

「金のために、体も魂も売っちまったわけだ」

「軽蔑されても仕方がないけど、わたし、日本でたくさん稼がなくちゃならないの。あちこちに借金して、蛇頭《シェトウ》に二百五十万円も払ったんだから」

「身の上話なんか聞きたくないな」

「そうね、あなたには関係のないことだものね」

「三〇一号室には、石坂が住んでるんだな？」

最上は確かめた。

「ええ、石井という名前でね」

「三〇一号室から慌《あわ》てた様子で出てきたのは、なぜなんだ？」

「石坂さんの様子が変なの。居間の床に倒れてたのよ」

「それは、石坂が死んでたって意味なのか？」

「ううん、死んでるわけじゃないの。誰かに麻酔液を嗅がされて眠らされたみたいなのよ。わたし、面倒なことに巻き込まれたくなかったの。密入国のことがわかったら、中国に強制送還させられちゃう。そんなことになったら、何もかも水の泡だわ」

「おれと一緒に来い」

「お願い、わたしのことは見逃して」

春芳が両手を合わせ、縋《すが》るような眼差《まなざ》しを向けてきた。

「まだ訊きたいことがあるんだ」

「勘弁して。いま、五万円ぐらい持ってる。それをあなたにあげるわ。それから、一緒にホテルに行ってもいい。だから、わたしのことは警察の人に言わないで」

「救急車もパトカーも呼ばないから、とにかく一緒に三〇一号室に入るんだ」

最上はそう言い、春芳の右手首を取った。次の瞬間、春芳が最上の右手の甲に歯を立てた。尖《せん》鋭《えい》な痛みを覚えた。

最上は反射的に手を放してしまった。

その隙に、春芳が逃げた。最上は追おうとして、すぐに思いとどまった。春芳からは、もう大きな手がかりは得られない。そう判断したのだ。春芳は廊下を全速力で走り、エレベーター・ホールの脇にある階段を下っていった。

最上は三〇一号室の前に引き返した。

左右をうかがってから、布手袋を嵌めた。ドアはロックされていない。玄関に身を滑り込ませた。

暖房が効《き》いていた。最上は靴を脱いだ。

間取りは1DKだった。春芳の言った通り、石坂が横向きに倒れていた。髪型を変えているが、間違いなく石坂だ。鼾《いびき》をかいている。

リビング・ソファの一つが横倒れに転がっていた。石坂は誰かと揉み合ったようだ。

最上は、しゃがみ込んだ。

石坂の口許は薬品臭かった。エーテル液か、クロロホルム液を染《し》み込ませた布を押し当てられたにちがいない。

薬品臭は強かった。石坂を麻酔液で眠らせた者が室内のどこかに隠れているかもしれない。

最上は立ち上がって、腰の後ろから消音器を装着させたワルサーP5を引き抜いた。

足音を殺しながら、奥の寝室に近づく。

ドアは半開きだった。最上は拳銃を構えながら、足でドアを押し開いた。

寝室には誰もいなかった。

最上はダイニング・キッチンを横切り、トイレのドア・ノブに手を掛けた。

ちょうどそのとき、後ろの浴室のドアが軋《きし》んだ。

最上は振り向ききらないうちに、湿った布を口許に宛《あて》がわれた。薬品臭かった。

利き腕の動きは封じられていた。背後の男は、アメリカ大統領のゴム・マスクで顔面を隠している。

最上は左の振《ふ》り拳《けん》を放ち、後ろ蹴りを見舞った。しかし、敵は倒れない。

急に意識が混濁《こんだく》した。最上は自分が頽《くずお》れるのをかすかに感じ取った。そのあとは何もわからなくなった。

それから、どれほどの時間が経過したのか。

我に返った最上の目に最初に映ったのは、顔面を撃ち砕かれた石坂の死体だった。自分は、石坂のかたわらに寝かされていた。

ワルサーP5を握ったままだった。右の布手袋には火薬の滓《かす》が砂粒のようにこびりついている。石坂の顔面は、ワルサーP5から放たれた銃弾で潰《つぶ》されたことは間違いない。

（ゴム・マスクの男は、おれを石坂殺しの犯人に仕立てる気だったんだな。人殺しの罪をおっ被《かぶ》せられたんじゃ、たまらない。早いとこ逃げないとな）

最上は起き上がって、ワルサーP5の安全弁を掛けた。

そのとき、誰かが部屋に駆け込んできた。警視庁の綿引刑事だった。

「検事殿……」

「違うんだ。この男を撃ったのは、おれじゃないんです」

最上は焦《あせ》って叫んだ。

「しかし、手袋には火薬の残滓《ざんし》が付着してるじゃないですか」

「おれに麻酔液を嗅がせた男が細工をしたんでしょう。そいつはゴム・マスクを被ってた」

「つまり、検事殿にサイレンサー付きの拳銃を握らせて、引き金を絞ったと？」

「ええ、そうに決まってますよ。おれが意識を失ってる間にね」

「とにかく、凶器を預かりましょう」

綿引が上目遣いに言いながら、右手を差し出した。最上はワルサーP5を渡した。

綿引は格子柄のハンカチで消音器付きの自動拳銃を包み込み、鼻を近づけた。

「硝煙の臭《にお》いがきついな。発砲して間がないようですね」

「綿引《ワタ》さん、まさかおれを疑ってるんじゃないでしょうね？」

「検事殿、布手袋もいただきましょうか」

「ああ、いま渡します」

最上は布手袋を外した。綿引が透明なポリエチレンの袋をコートのポケットから取り出し、口を大きく開いた。

最上は袋の中に二つの手袋を投げ入れた。

「検事殿、手袋は私物ですね？」

「そうです」

「あなたは、わざわざ手袋をしてから、この部屋に入られた。なぜ、そんなことをしたんです？説明していただきたいですな」

「殺された男は、フリー・ジャーナリストの石坂敬明です。石坂は、ある殺人事件に関与してる疑いがあったんです。で、独自に内偵捜査をしてたわけですよ」

「その殺人事件というのは？」

「綿引《ワタ》さん、おれをまだ疑ってるの⁉」

「検事殿、お答えください」

綿引の目つきが鋭くなった。その場限りの言い逃れが通用する相手ではない。

最上は観念し、小室大輔の内部告発の手紙のことを明かした。さらに小室が石坂の協力を得ようとした気配があったことも喋《しゃべ》った。

「それで検事殿は、石坂が小室を殺したのではないかと疑われたんですね？」

綿引が訊いた。

最上は黙ってうなずいた。余計なことを喋ったら、自ら墓穴を掘りかねない。博愛会総合病院の手塚院長から一億円の小切手を脅し取った事実は何が何でも隠し通したかった。

「石坂は、小室殺しに関してはシロです。アリバイがありました」

「そうだったのか」

「おや、意外なお言葉ですな。検事殿だって、石坂が実行犯でないことはご存じだったんじゃありませんか？」

「いや、てっきり石坂が小室大輔を殺《や》ったと思ってたんだ」

「検事殿は容疑者のアリバイ調べもなさらなかった⁉　そんなことは常識では考えにくいですな。検事殿は殺しに関しては石坂はシロだと思いながらも、彼をマークしつづけた。そうなんじゃありませんか？」

綿引の眉間の皺《しわ》が深くなった。

「あなたに嘘はつけないな。ま、ご推察の通りです。石坂と小室の間で何かトラブルがあったと直感したんで、フリー・ジャーナリストをずっとマークしてたんですよ。しかし、石坂が小室を直《じか》に殺害した物的証拠は何も出てこなかった。だが、石坂は小室殺しの謎を解く鍵を握ってるはずだと考え、しつこく追い回してたんです」

「そして、この部屋にたどり着いた？」

「そういうことです。綿引《ワタ》さんは、どうしてここに？」

「石坂は自分が殺されたように見せかけた節《ふし》があります」

「ああ、多摩川の河口近くの河川敷で発見された頭部と両手のない男の惨殺体のことですね？」

「そうです。で、最初は石坂が小室を殺害したのではないかと疑ったんですが、事件当夜、彼にはアリバイがあったんですよ。しかし、わたしも検事殿と同じように考え、石坂が鍵を握ってると睨んだわけです」

「なるほど、そういうことだったのか」

「検事殿、現場捜査はわれわれに任せていただけませんか。できれば、検事殿が独自にお調べになられたこともすべて教えていただきたいんです」

「隠してることなんか何もありませんよ。だから、こうして石坂の隠れ家を突きとめて、彼に揺さぶりをかけてみるつもりだったんだ。しかし、石坂は誰かに殺害された」

最上は言った。

「検事殿がこの部屋に来られたとき、玄関ドアは？」

「ロックされてなかった。で、勝手に部屋に入ったんです。リビングの床に石坂が倒れてたんで、様子をうかがおうとしたら、背後からクリントン大統領のゴム・マスクを被った男が組みついてきて、湿った布で口許を塞《ふさ》いだんだ。布にはエーテルか、クロロホルム液が染み込ませてあったんだと思う」

「検事殿は、そのあと意識を失ってしまった。そして、我に返ったら、近くに顔面を撃ち砕かれた石坂の死体が転がっていた。あなたは撃った覚えのない消音器付きの自動拳銃を何者かに握らされてた。そういうことですね？」

綿引が言って、意味ありげに笑った。

「おかしな笑い方をしないでほしいな」

「検事殿、話がちょっと出来すぎてませんか？」

「綿引《ワタ》さん、もっとおれのそばに来てよ。麻酔液の臭《にお》いがするはずだから」

最上は少し声を高めた。綿引が近寄ってきて、小鼻をひくつかせた。

「確かに口の周《まわ》りが薬品臭いですね」

「石坂の顔にも鼻を近づけてみてくださいよ」

「これだけ血臭《けっしゅう》が濃いから、薬品の臭いを嗅《か》ぎ取るのは難しいでしょう。それに検事殿のお顔から麻酔液の臭いが漂ってるからといって、この部屋にゴム・マスクを被った男がいたという証拠にはなりませんよね。自分で麻酔液を嗅げば、意識を失うこともできるわけですから」

「綿引《ワタ》さん、おれの話は狂言だとでも……」

「検事殿、冷静になってください。わたしは、可能性のことを言ったまでです」

「綿引《ワタ》さんの話には、現実性が欠けてるよ。仮におれが自分で麻酔液を嗅いだんだとしたら、エーテルかクロロホルムの壜《びん》がこの近くにあるはずだ。そういう壜、見当たります？」

最上は挑《いど》むように言った。

「いいえ、どこにもありませんね」

「ポケットの中を調べますか？　麻酔薬の染《し》み込んだ布が出てくるかもしれませんよ」

「すっかり検事殿を怒らせてしまったな。あなたがおっしゃるように、自分で麻酔液を嗅いだのかもしれないという推測は成り立ちませんね。検事殿を疑うようなことを言ってしまって、申し訳ありませんでした」

「わかってくれれば、それでいいんだ」

「さすがは五代つづいた江戸っ子ですね。実に気性がさっぱりしてらっしゃる。いなせですね。ところで、ゴム・マスクの男のことですが、年恰好は？」

「そうですか。その男は、三十歳前後かな」

「動きから察して、検事殿に何か言いました？」

「いや、何も言わなかったな。いきなり襲いかかってきたんですよ」

「相手が誰だったのか、おおよその見当はついてるんでしょ？」

「まるで思い当たらないな。綿引《ワタ》さんの言い方、ちょっと引っかかりますね。おれがまだ何か隠してるように聞こえるからな」

「そう思われるのは、何か隠しごとがあるからなんじゃありませんか？」

「綿引《ワタ》さん！」

「冗談、冗談です。機捜《きそう》の初動班と所轄の連中を呼びます。検事殿、もう少しおつき合い願います。あなたが死体の第一発見者なんですから」

「おれは、もう綿引《ワタ》さんの事情聴取を受けたじゃないですか。綿引《ワタ》さんが第一発見者になってくださいよ」

「それでは、事実を曲げることになります。わたしは融通の利かない男でしてね。悪く思わないでください」

綿引は証拠品をコーヒー・テーブルの上に置くと、コートのポケットから携帯電話を摑み出した。すぐに一一〇番通報し、事件現場の状況を正確に伝えはじめた。

（いちばん厄介《やっかい》な相手とまずいとこで会っちまったな。きっと綿引《ワタ》さんは、おれの行動に不審の念を持ったにちがいない。危《ヤバ》いことを訊かれたら、とことん空とぼけよう）

最上は胸底で呟き、床の血溜《ちだ》まりに目を落とした。その周囲には、小さな肉片や脳漿《のうしょう》が点々と飛び散っていた。

ようやく長い事情聴取から解放された。

4

午前二時を回っていた。すでに現場検証は終わり、石坂の遺体は搬出されていた。

機動捜査隊初動班や鑑識係たちは、だいぶ前に帰っていった。事件現場にいるのは、所轄署の刑事たちと綿引だけだ。

「もう帰ってもいいんでしょ？」

最上は所轄署の部長刑事に声をかけた。

「ええ、どうぞ。ご協力に感謝します」

「何か不明な点があったら、いつでも地検に電話をください」

「そうさせてもらいます。ご苦労さまでした」

部長刑事が畏《かしこ》まって敬礼した。

最上は玄関に足を向けた。綿引が従《つ》いてきて、小声で言った。

「きょうのことは、地検の馬場部長の耳にも入ってしまうでしょうね」

「ええ、それは避けられないと思います。綿引《ワタ》さんも知ってる通り、検察官は常に身辺を清らかにしてないといけないんだ。今回のことでは、こっちは被害者ですが、上司に無断で内偵捜査をしたことは大きなマイナスになるはずです。きっと現在よりも陽の当たらないセクションに回されるな。公判記録の整理とか裁判手続きの書類作成でもやれと言われそうだ」

「検事殿にそんな雑務を押しつけるようなら、東京地検刑事部ももう終わりです」

「綿引《ワタ》さん、いまのことを馬場部長によく言っといてよ」

最上は靴を履《は》き、石坂の部屋を出た。

マンションを出ると、小雪がちらついていた。最上はボルボに駆け寄り、運転席に乗り込んだ。

石坂を射殺したのは、口髭の男にちがいない。最上は、北青山に行く気になった。

車を走らせはじめた。来た道を逆にたどり、目白通りに出た。

それから間もなく、最上は覆面パトカーに尾行されていることに気づいた。オフ・ブラックのセフィーロには、所轄署の刑事たちが乗っているのだろう。

（連中は、おれが石坂を殺《や》った可能性もあると思ってるんだろう。うっとうしい奴らだ）

最上は舌打ちした。

このまま飯田橋の自宅マンションに戻るのが最も賢明だ。しかし、一刻も早く口髭を生やした殺し屋を締め上げたい気持ちだった。

（尾行を撒《ま》いたりしたら、かえって疑われることになるんだが、仕方がない……）

最上は一気に加速した。目白通りは空いていた。後ろのセフィーロもスピードを上げた。

最上は南長崎三丁目に差しかかったとき、急に車を左折させた。覆面パトカーはすぐに追ってきた。

最上は住宅街の裏通りを幾度も右左折し、立教大学のキャンパスの脇まで車を走らせた。西池袋三丁目だ。

いつからか、尾行の車は見えなくなっていた。明治通りに出て、北青山をめざす。

『北青山アビタシオン』を探し当てたのは、午前三時ごろだった。

最上はマンションの近くの暗がりにボルボを停め、グローブ・ボックスからボイス・チェンジャーを摑み出した。

きのう、地検の証拠品保管室から盗み出した変声装置だ。煙草の箱ほどの大きさで、厚みは一センチ数ミリしかない。

最上は車を降り、『北青山アビタシオン』の表玄関に走った。集合インターフォンの前に立ち、六〇六とボタンを押す。

少し待つと、聞き覚えのある男の声で応答があった。

最上は口にボイス・チェンジャーを当てながら、低い声で言った。

「こんな時刻に申し訳ありません。『セントラル・トレーディング』の者です。富永社長の使いでまいりました」

「何か危《ヤバ》いことになったのかい？」

「ええ、ちょっと。どうも捜査当局が小室大輔の件で、あなたをマークしはじめてるようなんです」

「えっ」

「それから、石坂の件でも警察はあなたのことを……」

「そんなはずはねえ。おれは、ずっとクリントンのゴム・マスクを被ってたんだ。面は割れてねえはずだぜ」

口髭の男が心外そうに言った。

(やっぱり、殺し屋が石坂を射殺したんだな。殺しの依頼人が富永だってことも、はっきりしたわけだ)

最上は、にんまりした。

「富永さんは、おれにどうしろって言ってんだ？」

「しばらく東京を離れていただきたいと」

「これからすぐにか？」

「ええ、できるだけ早いほうがいいと言ってました。それで、逃亡資金と車を用意したんです」

「逃亡資金より、成功報酬が先だろうが。小室って医者の分は二千万貰ったが、石坂の分は着手金も貰ってねえんだぞ」

「そちらの成功報酬は近々、お渡しすると申してました」

「逃亡資金、いくら持ってきたんだい？」

「わかりません。わたしは社長から封印された紙袋を渡されましたんで。でも、重さから察して一千万円以上はあると思います」

「そうかい」

「玄関のオート・ロックを解除していただけますか」

「ちょっと待ってくれ。トランクス一枚なんだよ」

スピーカーが沈黙した。

最上はボイス・チェンジャーを鹿革のハーフ・コートのポケットにしまい、セブンスターをくわえた。

一服してから、玄関のオート・ドアに近づいた。だが、ロックされたままだった。身繕いするのに、三分以上もかかるだろうか。

最上は、ふたたび集合インターフォンのボタンを押した。ボイス・チェンジャーを取り出し、口許に宛《あて》がう。

「てめえ、何者なんだっ」

スピーカーから、口髭の男の怒声が響いてきた。

「何をおっしゃってるんです？」

「下手な芝居はやめな。おれは、いま富永さんの自宅に電話したんだ。で、てめえが偽社員だとわかったのさ」

「いいえ、わたしは社長の命令で……」

「おい、てめえは検事の最上なんだろうが！」

「その通りだ。おまえは、もう逃げられないぜ」

最上はボイス・チェンジャーを顔から離し、脅しをかけた。と、相手が反問してきた。

「逃げられねえって、どういうことなんでえ？」

「小室大輔の殺人容疑で逮捕状が出てるんだ。きのう、おれは石坂を締め上げたんだよ。あの男は、富永の命令でおまえが小室を絞殺したことを認めたんだ。それから、捜査本部は犯行現場で、おまえの頭髪と着衣の繊維を見つけたのさ」

最上は言った。誘導尋問だった。

「その手に乗るかよっ。遺留品なんか見つかってねえはずだ。おれはプロだぜ。仕事に抜かりはねえよ」

「そいつは、ちょいと自信過剰だな。石坂の隠れ家にも、おまえの髪の毛が一本落ちてたんだ。それだけじゃない。おまえがおれに握らせたワルサーP5の銃把《グリップ》の底に掌紋《しょうもん》がくっきりと残ってた。警察は掌紋照合で、おまえを割り出したんだよ。おまえに前科《マエ》がないとは言わせないぞ」

「そんな子供騙《だま》しの手に引っかかるかよ。おい、検事！　おれの氏名、生年月日、それから本籍地を言ってみな」

男が茶化すような口調で言った。最上はうろたえかけたが、平然と言い返した。

「おまえの氏名を口にするのも穢《けが》らわしい。きさまは人間の屑《くず》だ。素直に手錠《ワッパ》打たれて、刑に服するんだな。そうじゃなきゃ、おまえは地獄で泣くことになるぜ」

「年寄りじみたことを言うんじゃねえ。人間死んじまえば、無だよ。極楽も地獄もあるもんか」

「好きにしろ。ただ、このマンションはすでに包囲されてることは忘れるな。捜査員たちに押し倒されて手錠を掛けられるのは、惨《みじ》めなもんだろうが」

「うるせえ！　てめえを必ず殺《や》ってやる！」

口髭の男がインターフォンの受話器を乱暴に掛けた。耳障《みみざわ》りな音がスピーカーの奥で響いた。

最上は車の中に戻った。

口髭の男がマンションから出てくることを期待したのだが、それは甘かった。三十分ほど待ってみたが、『北青山アビタシオン』からは誰も出てこなかった。

(奴は包囲されてないことを確かめて、ベッドに潜《もぐ》り込んだんだろう)

最上はボルボを発進させ、赤坂五丁目に向かった。ほんのひとっ走りで、茜ビルに着いた。

最上は車をビルの前に停め、グローブ・ボックスから紙袋を取り出した。

中身はモジュラー型電話盗聴器と室内用盗聴器だ。どちらもきのうの夕方、秋葉原の電器店で買ったものだった。

最上は車を降り、茜ビルに足を踏み入れた。表玄関のドアは施錠されていなかった。

エレベーターで三階に上がり、『セントラル・トレーディング』に急ぐ。右手にハンカチを巻きつけ、ドア・ノブに手を掛けた。ロックされていた。

最上は万能鍵で解錠し、素早く事務所の中に入った。部屋の左側に四つの事務机が置かれ、窓際にマホガニー材の両袖机が据えられている。両袖机は社長席だろう。

右側にパーティションで区切られた小部屋が二つある。窓寄りは商談室で、廊下側はディーリング・ルームだった。ディーリング・ルームには六台のコンピューターが並んでいた。

最上は両袖机に近づいた。

机の上には、有線電話が置かれている。富永の専用電話だろう。

最上は机の下に潜《もぐ》り込み、電話コードをいったんコンセントから抜いた。プラグを中継用のモジュラーと接続させ、モジュラー・ジャックを電源に差し込む。電話コードとモジュラー・コードは同色だった。

細長いモジュラーの中には、盗聴器が仕込まれている。UHF放送帯で、電話内容は完璧《かんぺき》に盗聴できる。使用周波数は四百メガヘルツ前後だ。

最上は、自動録音機付きの受信装置も手に入れていた。この受信装置を茜ビルから半径五百メートル以内に置いておけば、富永の電話の内容はすべて自動的に録音される。

富永の専用電話の受話器が外れた瞬間から、百二十分のマイクロ・テープが回転するわけだ。したがって、自動録音機付きの受信装置は放置したままで問題はない。録音テープを聴きたいときに、機器を回収すればいい。

最上はキャビネットをわずかにずらし、モジュラー・ジャックを見えにくいようにした。それから商談室に移り、応接ソファを逆さまにして、室内用盗聴器を粘着テープで貼りつけた。マッチ箱よりも小さかった。

室内用盗聴器は多種多様だ。マッチ箱型のほかに、丸型や三角型もある。また、電卓、オルゴール、置時計、壁掛け時計、電気スタンド、ペン、縫いぐるみなどの中に盗聴マイクが仕込んである機種も少なくない。それらは、俗に〝偽装品盗聴器〟と呼ばれている。どれも市販品だ。

大半は、水銀電池が使われている。電池寿命が尽きるまで盗聴可能だ。

室内ボックス型には数センチのアンテナが付いているが、サイドボードやエアコンの裏、ソファや机の下、室内灯の笠の上などに仕掛けておけば、まず発見されることはない。仮に見つけられても、誰が仕掛けたかは割り出せないはずだ。

最上はソファを元通りにし、事務所内を検《しら》べはじめた。

ことに両袖机の引き出しを念入りにチェックしてみたが、何も手がかりは得られなかった。きちんと戸締まりをして、事務所を出た。

最上は西ビルを出ると、一ツ木公園まで大股で歩いた。いつの間にか、雪は熄《や》んでいた。

夜明け前の公園は、ひっそりと静まり返っている。

最上は園内の奥まで進み、灌木《かんぼく》の中に自動録音機付き受信装置を隠した。小石で囲い、湿《ぬ》れた落葉をさりげなく重ねた。

（そのうち富永は、市民運動家の赤座と電話で連絡を取り合うだろう）

最上は公園を走り出て、自分の車に乗り込んだ。

さすがに疲れていた。早く自宅マンションで横になりたかった。

最上はボルボを飯田橋に向けた。

二十分ほどで、マンションのある通りに入った。マンションの少し先に、見覚えのあるセフィーロが停まっていた。覆面パトカーだ。

最上は慌《あわ》てて車を脇道に入れた。

マンションの裏通りに車を駐め、裏の通用口に向かって歩きだした。

マンションの裏庭に足を踏み入れたとき、植込みの奥で黒い影が揺れた。最上は身構えた。

現われたのは、アメリカ大統領のゴム・マスクで顔面を覆った男だった。

銃身を短く切り詰めた散弾銃《ショットガン》を持っている。レミントンの二連銃だ。

「北青山で包囲網を突破したようだな」

最上は、からかった。男が無言で散弾銃を構えた。銃口が静止した。

「やめとけ。マンションの前に、覆面パトが停まってるんだぜ」

「もうその手にゃ乗らねえぞ」

「やっぱり、口髭をたくわえた殺し屋だったか。いつも同じゴム・マスクを被るのは、ちょっと能がないな」

最上は言って、横に走った。

重い銃声が轟いた。九粒弾が拡散しながら、疾駆《しっく》してきた。放たれた散弾は、マンションと隣家を仕切っている石塀にぶち当たった。

(ひとまず逃げよう)

最上は通用門から裏通りに飛び出した。殺し屋も表に現われた。

二弾目が放たれた。

最上は身を伏せた。九粒弾が頭上を抜けていった。散弾の一発が街路灯を弾き飛ばした。

最上は身を起こして、後方を振り返った。

男は背を向けて反対方向に走っていた。二発の銃声は近くの住民だけではなく、張り込み中の刑事たちの耳にも届いたにちがいない。

(おれも消えたほうがよさそうだ)

最上はボルボに乗り込み、勢いよくバックさせはじめた。すぐに横道に入り、そのままできるだけ自宅マンションから遠ざかった。

(玲奈の代々木上原のマンションで仮眠をとらせてもらうか。いや、こんな時刻に彼女を叩き起こすのは気の毒だ)

最上は車を九段方面に向けた。千鳥《ちどり》ケ淵《ふち》の畔《ほとり》にボルボを駐め、車の中でひと眠りするつもりになったのである。

最上はステアリングを捌《さば》きながら、何度もミラーに目をやった。覆面パトカーも不審な車も追ってこない。

(ゆっくり眠れそうだな)

最上は徐々にアクセルを踏み込んでいった。

目的の場所は、すぐそこだった。

第五章　首謀者の葬送

1

職場の空気が重い。

同僚の検事たちは、まともに最上の顔を見ようとしなかった。石坂の殺害現場にいたことがもう知れ渡ってしまったらしい。

（ま、仕方ないか）

最上は窓際の自席についた。朝の柔らかい光がいっぱいに射《さ》し込んでいる。

瞼《まぶた》が重ったるい。

千鳥ケ淵の畔では、ほんの二時間ほど仮眠をとっただけだった。そのあと、自宅マンションに戻った。

覆面パトカーは停まっていなかった。裏庭の現場検証も終わっていた。

最上は部屋に入ると、まず風呂に入った。それからコーヒーを飲みながら、バター・トーストを翳《かじ》った。

　それで、もう時間はなくなってしまった。最上はあたふたと衣服をまとい、職場にやってきたのだった。

　机上の電話機が爆《は》ぜた。内線電話のランプが瞬《また》いている。

　最上は受話器を取った。馬場部長の不機嫌そうな声が響いてきた。

「最上君だな？」

「そうです」

「すぐ第一会議室に来てくれ」

「わかりました」

　最上は電話を切り、すぐさま刑事部を出た。

　第一会議室は同じ階にある。最上は、ほどなく第一会議室に入った。

　馬場刑事部長のかたわらに、次席検事の小寺滋《こでらしげる》が坐っていた。むっつりと押し黙っていた。

　地検のトップは、検事正である。次席検事はナンバー・ツウのポストだ。五十四歳の小寺は、数年前まで特捜部の部長を務めていた。

「坐りたまえ」

　馬場が顎をしゃくった。最上は目礼して、二人の上司と向かい合った。

「現職検事が殺人事件の第一発見者になったのは、今回が初めてだろう」

小寺次席検事が口を切った。

「ええ、前例はないと思います」

「警視庁から連絡が入ったときは、一瞬、自分の耳を疑ったよ。独断で内偵捜査などせんでくれ」

「ご迷惑をおかけしました」

「念のために訊いておくが、きみはほんとうに石坂というフリー・ジャーナリストを殺《や》ってないんだな？」

「殺《や》ってません。わたしは内偵中に罠に嵌《は》まってしまったんです」

「きみの言葉を信じよう。しかし、問題を起こしたのは二度目だ。公判部の資料課あたりに飛ばされても文句は言えんよな？」

「ええ、そうですね」

「ま、もう少し様子を見よう。最上君、自宅の埃《ほこり》がだいぶ溜まってるんじゃないのか？」

「はあ？」

最上は言葉の意味がわからなかった。小寺が隣の馬場部長に目で合図した。

「鈍い男だな。小寺次席検事は、しばらく自宅謹慎処分にするとおっしゃってるんだ」

馬場が言った。

「やっぱり、そういうことでしたか。それで、どのくらい休みをいただけるんです？」

「休みじゃない、処罰だっ」

「ああ、そうでしたね」

「なんて男なんだ。五日間の謹慎処分にする。きょうは、もう帰っていい」

「わかりました」

「きみは個人プレイが好きなようだが、検察官の仕事はチーム・ワークなんだ。そのことを忘れんようにな！」

「ええ」

「もう下がってもいいよ」

「はい」

最上はソファから立ち上がって、二人の上司に軽く頭を下げた。少しもショックは感じていなかった。それどころか、五日間も自由に動けることがありがたかった。

第一会議室を出ると、検察事務官の菅沼が廊下に立っていた。

「菅沼君、何をやってるんだ？」

「最上検事を待ってたんですよ。さっき検事が第一会議室に入られるとこを見たんです」

「そうだったのか」

「中村橋のマンションで発生した殺人事件の現場に最上検事がいらっしゃったそうですね？」

「きみまで知ってるのか。驚いたな」

「偉いさんの説教を受けたんですね？」

「ああ。きょうから五日間の自宅謹慎だってさ」

「そうですか。最上検事、少しおとなしくしてたほうがいいですよ。東京地検から出されちゃったら、おそらく検事はもう……」

「ああ、ここには戻ってこれないだろうな」

「最上検事がここにいなくなったら、ぼく、司法書士にでもなります」

「きみを転職させるわけにはいかない。少し家でおとなしくしてるよ。おれ自身も、まだ東京地検にいたいからね。それじゃ、また会おう」

最上は菅沼の肩を叩いて、廊下を歩きだした。刑事部には寄らずに、エレベーターで一階に降りた。

まだ午前十時前だった。

最上はボルボに乗り込み、赤坂に向かった。車を一ツ木公園の脇に停めた。園内には、幼児連れの母親たちが数人いた。

いま灌木の中に隠した自動録音機付きの受信装置を回収するわけにはいかない。

第一、富永はまだ出社していないだろう。となれば、テープには何も録音されていないはずだ。

最上はグローブ・ボックスから受信機を取り出した。室内ボックス型の盗聴器は、ＶＨＦで電波を拾う。

ＶＨＦはアマチュア無線、消防無線、タクシー無線などに割り当てられている周波数帯だ。チューナーを百三十五メガヘルツから百五十五メガヘルツの間に合わせれば、確実に盗聴電波をキャッチできる。

最上は周波数を微調整しはじめた。

すぐに『セントラル・トレーディング』内の話し声や物音がＶＨＦ用受信機から洩れてきた。

盗聴器を仕掛けた商談室には誰もいないようだった。ディーリング・ルームのざわめきが響いてくる。

（そのうち富永が出社して、来客も現われるだろう）

最上は受信機を膝の上に置き、ヘッドレストに頭を凭《もた》せかけた。

富永がオフィスに現われたのは、十時半過ぎだった。インテリやくざはディーリング・ルームに入り、スタッフたちに次々に指示を与えた。

金融関係の専門用語がいくつも挟まれた。最上には馴染みのない用語ばかりだった。富永は社長席に落ち着くと、どこかに電話をかけた。

しかし、その内容は受信機ではキャッチできなかった。むろん、あとで録音テープを回収するつもりだ。

最上は煙草を吹かしながら、受信機から洩れてくる音声に耳を傾けつづけた。

恋人の玲奈から電話がかかってきたのは、十一時半を回ったころだった。

「けさのテレビ・ニュースで知ったんだけど、石坂というフリー・ジャーナリストが射殺されたわね」

「ああ。おれは危《あや》うく石坂殺しの犯人に仕立てられるとこだったんだ」

「僚さんがなぜ？　いったいどういうことなの？」

「いま、説明するよ」

最上は前夜の出来事を詳しく話した。

「それじゃ、小室大輔と石坂敬明を殺し屋に始末させたのは、富永という男なのね？」

「ああ、それは間違いない。口髭を生やしてる殺し屋が二人を葬ったことを口走ったんだ」

「そう。富永は石坂から小室が内部告発しようとしてることを聞いて、博愛会総合病院を脅したのね？」

「そうなんだ。手塚院長は、一億五千万円の小切手を渡したことをはっきりと認めた。小室は、石坂と富永の悪事を知ってしまったために殺害されたんだよ」

「ええ、そうなんでしょうね」

「富永はだいぶ前から石坂と組んで企業恐喝をやってたんだろう。インテリやくざは、フリー・ジャーナリストだけじゃなく、『民の声』の代表世話人の赤座聡からも恐喝材料を提供させてるようなんだ」

「あの赤座聡がまさか……」

　玲奈は合点がいかなげだった。最上は、赤座が富永の協力者である根拠を語った。

「確かに赤座が調べ上げたことは、どれも恐喝材料になるわね。高潔な市民運動家も堕《お》ちたもんねえ」

「赤座が偽善者だったとは思いたくないが、稲森会の元理事に弱みを摑まれて、どうしようもなくなったんだろうな」

「そう思いたいわね。富永が恐喝組織のボスなんでしょ？」

「多分ね。だが、おれは富永の背後に誰か大悪党がいるような気もしてるんだ。単なる勘なんだがね」

「稲森会の会長じゃなくって？」

「そう。殺された小室は、世の中、偽善者ばかりだという意味のことを言ってたんだ。おそらく富永を動かしてるのは、紳士然とした大悪党なんだろう」

「案外、赤座が黒幕だったりして」

「いや、それは考えにくいな。赤座は単に協力を強《し》いられただけなんだと思うよ」

「そうなのかな。ところで、僚さん、上役からお目玉を喰《く》らったんじゃない？」

　玲奈が訊いた。

「きょうから五日間、自宅謹慎だってさ」

「あら、あら。それで、どうするの？　頭を丸めて、反省文でも書くつもり？」

「おれを腰抜け扱いにしたいのか。冗談じゃないぜ。五日間をフルに使って、一連の事件の真相を暴《あば》いてやる！」

「それでこそ僚さんだわ。ちょっと惚《ほ》れ直しちゃった。それはそうと、わたし、税務調査を装って、富永のお金の動きを探ってみようか。『セントラル・トレーディング』か富永の個人口座の入金をチェックすれば、恐喝された企業名がわかるだろうし、出金で協力者も摑めるはずよ」

「そうだな。もう少ししたら、玲奈の手を借りるつもりだよ。そのときは連絡する」

「わかったわ。僚さん、逸《はや》る気持ちはわかるけど、命を粗末にしないでね。あなたに、もしものことがあったら、わたし、とても生きていく自信がないもの」

「そんな殺し文句、どこで覚えてきたんだい？　心配するなって。命と引き換えに事件を解決する気なんてないさ」

最上はそう言って、ポケットフォンの終了キーを押した。ふたたび受信機の音声に耳を傾ける。

来客はなかった。社員たちの声やOA機器の音が聴こえてくるだけだった。

最上は受信機の音量を絞って、また紫煙をくゆらせはじめた。

公園から人が消えたのは正午過ぎだった。幼児を遊ばせていた母親たちは、それぞれ昼食を摂《と》るために自宅に戻ったのだろう。

最上は素早く車を降り、園内の奥まで走った。灌木の中から自動録音機付きの受信装置を取り出し、すぐさまボルボに戻った。

VHF用受信機のスイッチを切り、回収したばかりの録音テープを巻き戻した。すぐにマイクロ・テープを再生してみる。

小さな雑音《ノイズ》のあと、富永の声が流れてきた。

――赤座さん、例の商工ローン大手二社に揺さぶりをかけてくれました?

――京都に行って、『全栄《ぜんえい》』の幹部社員に会ってきました。元社員が強引な取り立てをしたことは認めましたが、刑事罰にはならないと主張してました。それから、連帯保証人に嘘をついたことは一度もないと開き直ってましたよ。

――あなた、それですごすごと引き下がったんですか?

――いや、相手に社員が借り手の自営業者を脅してる録音テープを聴かせました。

――例の腎臓を片方売って、金をこしらえろって録音テープですね?

――そうです。担当の社員は三十分おきに一日に十何回も自営業者宅に電話をして、内臓を金に換えろとか、娘をソープランドに売れとか言ってます。しかし、応対に現われた幹部社員は合成テープだと言って、まともに取り合おうとしなかった。

――『全栄』には都市銀行、地方銀行、外国銀行、農協、生損保会社などから約三千三百億円の金が流れ込んでる。そのほかに、政治団体、広域暴力団、仕手集団、街金《まちきん》、チャイニーズ・マフィアなどからも二千億円以上の融資を受けてる。何か問題が生じたときのために、元警視総監や元判事の有力政治家に巨額の献金をしてます。赤座さん、そのこともちらつかせたんですか？

——もちろん、言いました。富永さんに言われた通りにやりましたよ。それから、市民運動家たちが黙っていないと脅しもかけてみました。しかし、けんもほろろでしたね。

——『東日本商工ファンド』の反応は、どうだったんです？

——『全栄』と似たような開き直り方をしてました。連中は性質《たち》が悪いですね。

——大阪の産廃業者の反応はどうだったんです？　ごみ処分場周辺の土壌から九千ピコグラムのダイオキシンが検出されたわけだから、いくら何でも数値を改ざんしたことは認めたんでしょ？

——それが妙なんですよ。『民の声』のメンバーが検査した二十数カ所の土壌がすべて千ピコグラム以下に下がってたんです。おそらく産廃業者が汚染された土を二、三十センチ掘り起こして、別の場所から新たな土を持ってきたんでしょう。われわれが再測定したら、業者の言った通りの数値が出ましたんでね。

——そうに決まってる。電話会社は、社員が顧客の個人情報を二千件も興信所に流してたことを認めたんですか？

——ええ、それは認めました。それから、健康食品会社は全国の病院から非合法な手段で、患者たちの病歴リストを入手したことを認めました。その二社からは、簡単に口留め料をせしめられると思うね。しかし、商工ローン二社と大阪の産廃業者は、わたしには手強《てごわ》すぎますよ。

——赤座さんが乗り出せば、かなり効果があると思ってたんだが、期待外れだったな。

——わたしは市民運動家だからね。大物政治家や裏社会とつながってる商工ローン業者や産廃業者を震え上がらせることは難しいよ。

——そうかもしれない。

——富永さん、あなた自身が稲森会の名をちらつかせて集金に出向いたほうが早いんじゃないの？

——わたしは、もう堅気ですよ。そんな荒っぽいことはできません。それに、強力な助《すけ》っ人《と》がいることはいるんです。

——裏社会の顔役に動いてもらうんですね？

——いや、そんな人物を動かしたら、身の破滅です。強力な助っ人になってくれそうな人物は、あなたも驚くような名の売れた人物ですよ。といっても、政治家や財界人ではありませんがね。

——誰なんだろう？

——ま、いいじゃないですか。赤座さん、あなたはもう動かなくても結構です。あとは、強力な助っ人に乗り出してもらいますから。

——そうですか。もうこれで、わたしのことは解放してくれるんですね？

——赤座さん、何を言い出すんです？　あなたとわたしは仲間じゃありませんか。

——仲間だって⁉

——ええ、そうです。あなたには確か手塚院長から貰った一億五千万円のうち、三千万円を渡したはずですよ。

——あの金は、富永さんが無理にわたしの車の中に放り込んだんじゃないですか。三千万円は、いつでも返しますよ。まだ一円も手をつけてないんでね。

——あの金は赤座さんのものだ。われわれは、もう仲間なんですよ。同志と言ってもいいね。

——同志ですって⁉

——そうです。あなたは市民生活を脅《おびや》かすものすべてと闘っていらっしゃる。わたしも狡猾《こうかつ》な悪人どもは懲《こ》らしめなければいけないと考えてる。悪に挑む気持ちは同じじゃありませんか。だから、同志と言っても間違ってはいないでしょ？

——わたしに一生、つきまとうつもりなんだなっ。

——赤座さん、そういう喧嘩腰な物言《ものい》いはよくないなあ。何度も言いますが、わたしたちは仲間なんですよ。

——わたしは石坂やあんたに脅されて引きずり込まれただけだ。仲間なんかじゃない。

——おい、赤座！　いい加減にしやがれ！

——ついに本性《ほんしょう》を出したな。それが、あんたの素顔だ。石坂を葬《ほうむ》ったのは、あんたなんだろっ。

――だったら、どうだってんだ！　てめえも死にてえのかっ。

――いずれ、このわたしも消す気なんだろっ。だったら、もう我慢することはない。これまでのことを何もかも警察に話してやる！

――赤座さん、わたしが悪かった。謝ります。あなたは大事なパートナーなんです。一緒に手を組んで、世の中の悪人どもを退治しましょうよ。

――もう手を切りたいんだ！

――赤座さん、あなたはもう手を切れないんですよ。無理に手を切ろうとすれば、あなたは命を失うことになるでしょう。それでもいいのかな？

――あんたは骨の髄《ずい》まで腐ってる。

――赤座さん、もっと冷静になりなさいよ。あなたは若い時分から反骨精神を貫《つらぬ》いてきた方だ。市民運動家として、もっとやりたいことがあるでしょうが。え？

――あんたは……。

――また連絡します。それまでに、何かおいしいネタを見つけといてくださいよね。

受話器を置く音がして、音声は熄《や》んだ。

最上は録音テープを停めた。

強力な助っ人とは、いったい誰のことなのか。赤座は、その人物と接触するはずだ。

（インテリやくざが動きだすまで、しぶとく粘ろう）

最上はボルボを近くのコンビニエンス・ストアに走らせはじめた。食べ物と缶コーヒーを買い、長い張り込みに備《そな》える気になったのである。

2

西ビルの地下駐車場からベンツが出てきた。

ちょうど午後三時だった。富永自身がステアリングを握っている。

最上は充分な車間距離をとってから、ボルボを発進させた。

行先の見当はつかなかった。富永は社長席の有線電話は一度しか使っていない。外からも電話はかかってこなかった。

前々から出先が決まっていたのか。あるいは、富永は携帯電話で誰かに連絡したのだろうか。

ベンツは青山通りに出て、渋谷方面に向かっている。

最上は尾行しながら、神経質にミラーを仰《あお》いだ。だが、気になる車は目につかなかった。

富永の車は玉川通りを直進し、東名高速道路に入った。どうやら遠くに出かけるらしい。

最上は少し緊張がほぐれた。

一般道路では尾行を撒《ま》かれることがあるが、ハイウェイではマークした車を見失うことは少ない。ドライブ気分で、ベンツを追走しつづけた。

　富永の車はひたすら西下し、沼津ＩＣで降りた。伊豆半島のどこかに、インテリやくざの別荘があるのか。それとも、稲森会の会合がどこかで開かれることになっているのだろうか。

　最上は一般道路に出ると、ベンツの数台後ろに貼りついた。そのまま追尾していく。

　ベンツは国道四一四号線に出て、海沿いにしばらく走った。右手に駿河《するが》湾が見える。

　江浦湾を過ぎると、伊豆長岡町に入った。

　ベンツは長瀬という町の外れで、右に折れた。少し走ると、葛城山《かつらぎやま》の麓《ふもと》に出た。

（富永は、おれを山の中に誘い込もうとしてるんだろうか）

　最上は、そんな気がしてきた。

　だが、それは思い過ごしのようだった。ベンツは一定のスピードで山道を登っている。

　中腹のあたりで、急に視界が展《ひら》けた。台地状の林の中に、洒落《しゃれ》た造りの別荘が点在していた。

　ベンツは別荘地の奥まで進み、大きなログ・ハウスの前で停まった。

　別荘の敷地は優《ゆう》に五百坪はあるだろう。ログ・ハウスの周囲には、自然林がそのまま残されている。

　最上はログ・ハウスから三軒手前の別荘のカー・ポートに車を入れ、煙草を一本喫《す》った。

　平日のせいか、別荘の多くは無人だった。最上は車を降り、ログ・ハウスに近づいた。溶岩を積み上げた門柱には、杉尾《すぎお》山荘と書かれたプレートが埋め込まれていた。

（杉尾という名は、どこかで聞いた覚えがあるな）

最上は記憶の糸を手繰《たぐ》った。

しかし、すぐには思い出せなかった。

最上は杉尾山荘の敷地の中に忍び込んだ。まだ五時を数分過ぎたばかりだが、あたりは暗かった。

最上は林の中に走り入り、中腰でログ・ハウスに接近した。テラスの陰から、電灯の点《つ》いた居間に目をやる。

白いレースのカーテン越しに、二人の男が談笑している姿が見えた。ひとりは富永だ。

もう片方は、人権派弁護士としてマスコミに登場している杉尾信行《のぶゆき》だった。

五十一歳の杉尾は、冤罪《えんざい》に泣く人々の弁護を引き受け、何度も無罪判決を勝ち取ってきた。そのたびに、彼は英雄視された。俳優顔負けの二枚目とあって、主婦たちの人気の的《まと》だった。

いまも新興宗教団体に苦しめられた元信者たちの力になっている。杉尾は刑事事件ばかり手がけているが、リッチな暮らしをしていた。

彼は、熱海の老舗《しにせ》旅館のひとり息子だった。父親の旅館の役員を務《つと》め、数千万円の年収を得ているのだろう。

最上は、法廷で幾度か杉尾を見かけたことがある。黒いポルシェで裁判所に乗りつける人権派弁護士はオーラめいたものに包まれていた。

確か妻は、社会心理学者だ。弁護士夫婦には、大学院生の息子がいたのではないか。杉尾のオフィスは虎ノ門にある。

インテリやくざと人権派弁護士の結びつきは不可解だった。生き方や価値観は正反対なはずだが、親しげに語り合っている。

二人の接点は何なのか。

杉尾は、なぜ富永のような男とつき合うようになったのか。赤座と同じように、何か富永に弱みを握られ、悪事の片棒を担《かつ》がされているのだろうか。

富永が電話で赤座に言っていた〝強力な助っ人〟というのは、杉尾のことなのかもしれない。

最上はテラスの階段を上がり、居間に近づいた。ガラス戸の向こうから、二人の会話がかすかに流れてくる。

「杉尾先生、『全栄』と『東日本商工ファンド』は、あこぎすぎますよ」

「そうだね。この不況下で空前の利益を上げ、驚異的なペースで業績を伸ばしてる。銀行の貸し渋りで資金繰りに窮《きゅう》した中小企業主や自営業者たちは、保証人さえいれば無担保で一千万円を借りられるという甘い話に引っかかっちゃうよな」

「ええ、そうですね」

「実質金利が四十パーセントという高利で、しかも商工ローンは連帯保証人を取ってるから、必ず儲かるシステムになってる。『全栄』の昨年度の経常利益は約九百億円だ。しかし、それはあくまで表向きの数字で、実際にはその三、四倍は儲けてるにちがいない」

「でしょうね。業界二位の『東日本商工ファンド』にしても前年比で六十七パーセント増の経常利益を上げ、年に五十店ずつ支店を増やしてます」

「そうだね。商工ローンの飛躍的な成長に注目した消費者金融、いわゆるサラ金の大手二社が商工ローンを取り扱いはじめた」

「ええ。その場凌《しの》ぎに軽い気持ちで商工ローンを利用したら、あとは地獄です。借りた本人は預金や売掛金を押さえられ、連帯保証人は肩代わりを強く求められる」

「いちばん気の毒なのは、身内や友人のために連帯保証人になった連中だね。商工ローン業者は借主にどんどん追い貸しをしといて、そのことを連帯保証人にきちんと説明しない。保証人は業者に言われるままに、連帯根保証《ねほしょう》確認書に署名捺印《なついん》しちゃってるから、主債務者の借金をそっくり肩代わりさせられてる」

杉尾が言って、溜息をついた。

「商工ローン業者を相手取った告訴件数は多いんでしょうね？」

「大手二社だけで五千件近いんだよ。今後も増えるだろうね。借主と連帯保証人の自殺者数は約六十人に及ぶ」

「社会問題ですよね。だいたい零細・中小企業向けの高利貸し業者が上場企業になってることがおかしいですよ。大手銀行のやり方も汚い。貸し渋りで庶民を苦しめておきながら、その裏で

『全栄』や『東日本商工ファンド』に巨額を融資してます。ノンバンク、外国銀行、生損保会社も商工ローン業者にはたっぷり事業資金を回してます」

「そうだね。そのことも問題だが、保守党の各派閥がプール金を商工ローン業者に貸し付けてる。裏社会の汚れた金も『全栄』や『東日本商工ファンド』に集まってる」

「ええ。杉尾先生、厳しい取り立てのことよりも、そのことを揺さぶりの材料にしていただけませんか。世間に名の通った先生がわたしの用意したデータを突きつければ、それ相当の対応をしてくれると思うんです」

「揺さぶり役は、赤座聡じゃなかったのかね？」

「あのおっさんじゃ、相手はビビりません。ここはひとつ杉尾先生に腰を上げていただかないと、話が前に進みません」

富永が言った。

「しかし、わたし自身が顔を出すと、かなりのイメージ・ダウンになるな。富永君、きみが動いてくれよ」

「わたしなんかじゃ、力不足です。赤座と同じような扱いを受けるに決まってます」

「気が進まんなあ」

「先生、少しは汗をかいていただきませんとね」

「わかってるよ」

「ご子息の等《ひとし》さんは、その後、いかがです？」

「富永君、きみはわたしを脅してるのか⁉」

「誤解なさらないでください。わたしは純粋に息子さんの体のことを心配してるんです。もう禁断症状は出なくなったんでしょうか？」

「倅《せがれ》の話はやめてくれ」

「もう少しだけ言わせてください。等さんも辛《つら》かったんでしょうね」

「辛かった？」

「ええ。お父さまは東大法学部在学中に司法試験にパスされて、スター弁護士になられた。しかし、息子さんは二十六歳のいまも司法試験に合格されてません。自分にはとても父親は超えられないと打ちひしがれ、ああいう形で苦しみから逃れようとしたんじゃありませんかね？」

「等は、息子は敗北者だ。しかし、わたしの子供なんだよ。見捨てるわけにはいかんじゃないか」

「それはそうです。先生、さきほどの件、お願いできますね？」

「わかった。ちゃんと揺さぶりをかけるよ」

「それから、大阪の産廃業者のほうもお願いしたいんです。あとの電話会社と健康食品会社は、こちらで集金しますんで」

「きみは強引な男だね。しかし、断るわけにはいかんな。持ってきたデータを見せてもらおうか」

「はい」

会話が中断した。

最上はそっとテラスから庭に降り、林の中に戻った。足許の小石を二つ拾い上げ、テラスとガラス戸に投げつけた。

案の定《じょう》、ガラス戸が開けられた。テラスに降りたのは、富永だった。

最上は動かなかった。

「先生、ちょっと様子を見てきます」

サンダルを突っかけた富永がテラスの短い階段を下り、庭に降り立った。腰を屈《かが》め、暗がりを透かして見ている。

最上は、わざと咳《せき》をした。誘いだった。

「誰なんだ、そこにいるのは！」

富永が大声で誰何《すいか》した。

最上は少しずつ退《さ》がりはじめた。

富永が林に向かって駆けてくる。最上はヒメシャラの巨木の陰に身を潜《ひそ》め、息を詰めた。

富永が林の中に入ってきた。

隙《すき》だらけだった。最上は逆拳《ぎゃくけん》で富永の顎を突き上げた。

富永はよろけ、ニセアカシアの樹幹《じゅかん》に背をぶつけた。そのまま尻から落ち、横に転がった。

最上は走り寄って、富永の喉笛のあたりを蹴りつけた。富永が凄まじい声をあげた。

「あんたが口髭を生やしてる男に命じて、小室大輔と石坂敬明を始末させたんだなっ」

最上は言いながら、インテリやくざの懐を探った。丸腰だった。

富永は苦しそうに唸るだけで、質問に答えようとしない。

「小室に何を知られたんだっ。おおよその見当はついてるが、あんたから直《じか》に聞きたいんだよ。言え！」

「き、きさま、おれを誰だと思ってやがるんだっ」

「もう少し気の利いた凄み方をしろよ。あんたはインテリやくざなんだろうが」

最上は富永の顔面をキックした。

次の瞬間、めりっという音が響いた。富永が激しくむせながら、折れた前歯を吐き出した。一本ではなかった。三本だ。

夜気に血臭が漂いはじめた。

「立て！」

最上は富永の腰を蹴った。

富永がのろのろと立ち上がった。最上は、すぐに富永の利き腕を捩《ねじ》り上げた。

富永が痛みを訴えた。

「弁護士先生にも訊きたいことがある。杉尾のログ・ハウスに戻ろうじゃないか」

「き、きさま、東京から尾《つ》けてきたのか？」

「そういうことだ。さ、歩くんだ」

最上は促《うなが》した。富永が渋々、歩きはじめた。

ログ・ハウスのテラスの前に達したとき、急にすべての電灯が消された。杉尾がブレーカーを落としたのだろう。

「あんたは弾除《たまよ》けだ」

最上は富永を楯《たて》にしながら、テラスの上に上がった。居間のガラス戸に近づいたとき、背後で足音がした。

最上は振り返った。

テラスの下で、杉尾がアーチェリーを構えていた。照準《サイト》付きだった。すでに矢は番《つが》えられている。

弓弦《ゆみづる》は太かった。杉尾は腰に矢筒を提《さ》げていた。五、六本の矢が入っている。かなり長い。二十八インチの矢だろう。

「富永君から離れろ！」

杉尾が鋭く言った。

(この距離で狙われたら、放たれた矢は体を突き抜けるかもしれない。侮《あなど》れないな)

最上は気を引き締めた。チャンスがあったら、体を反転させて富永と杉尾を向かい合わせにする気でいた。

「先生、この男は東京地検の最上です」

富永が言った。

「きみの身辺を嗅ぎ回ってたという男だね？」

「そうです。先生、最上の心臓を背中から射抜《いぬ》いてください。こいつを生かしておくと、後々、まずいことになります」

「最上君、わたしは高校生のときからアーチェリーに親しんできたんだよ。この距離なら、きみを一矢《いっし》で射止めることができるだろう。しかし、それじゃ、面白みがない、矢は六本あるんだ。三、四本は、わざと急所を外してやろう」

杉尾が言うなり、一《いち》の矢を放ってきた。

空気が裂け、鋭い音が尾を曳《ひ》いた。最上は富永の腕を捩り上げたまま、体の向きを変えようとした。

だが、富永の体は岩のように重かった。両足を踏んばったせいだ。矢は最上の右肩を掠《かす》め、横に組まれた丸太に突き刺さった。

二の矢が番《つが》えられ、弦《つる》が引き絞られた。

「いまのは、ただの威嚇《いかく》だよ。しかし、二の矢は的《まと》を狙うからね」

杉尾が言った。

最上は富永に足払いをかけ、力まかせに体を反転させた。その瞬間、左の腿に二の矢が突き刺さった。

最上は呻いて、片膝をついた。

富永が怒号を放ちながら、横蹴りを浴びせてきた。最上はテラスに倒れた。

杉尾が三の矢を装塡《そうてん》しながら、テラスに駆け上がってきた。

「先生、こいつの心臓に矢をぶち込んでください」

「わたしの別荘内で事件を起こすのは、ちょっとまずいな。近くの他人のセカンド・ハウスで始末しよう。富永君、検事を摑み起こしてくれないか」

「はい」

富永が最上の片腕を取った。

最上は乱暴に摑み起こされた。矢を引き抜こうとすると、杉尾が言った。

「そのまま、そのまま！　矢を引き抜くと、出血量が多くなって、きみは歩けなくなってしまう。それじゃ、困るんだよ」

「くそったれども！」

最上は喚《わめ》いた。

杉尾が真後ろに回り、最上の肩を押した。最上はテラスの短い階段を下り、庭に降りた。すぐに富永が近づいてきて、最上の襟首を摑んだ。

「いちばん端の山荘まで歩いてもらおうか」

杉尾が言った。

最上は命令に従った。三人は黙々と歩いた。

二百メートルほど進むと、アルペン・ロッジ風の山荘があった。人のいる気配はしない。

富永が庭石を剝《は》がして、山荘の台所のガラス戸を壊した。最上は、そこから建物の中に押し込まれた。

富永がライターの炎を頼りに電気のブレーカーを探し当てた。電灯が次々に点けられた。

最上は階下の中央にある大広間《サロン》に連れ込まれた。三十畳ほどのスペースだった。

「いいことを思いついたよ」

杉尾が大きな石油ストーブを見ながら、富永に言った。富永が残忍そうな笑みを浮かべ、最上に命じた。

「おい、床に腹這いになりな」

「このままでも心臓は狙えるだろうが」

「言われた通りにしやがれ」

「わかったよ」

最上は床に俯《うつぶ》せになった。

富永がいったん大広間に出て、じきに戻ってきた。電気の延長コードを二本、手にしていた。

「おれの両手足を縛る気だなっ」

「まあな」

富永が屈み込んだ。杉尾は三の矢を最上のこめかみに定めていた。

一メートルも離れていなかった。とても反撃できそうもない。

「両手を頭の上で組みな」

富永が言った。

最上は言われた通りにした。富永は最上の自由を奪うと、大型石油ストーブに歩み寄った。給油キャップを外し、両腕で石油ストーブを抱え上げた。

「この山荘ごと、おれを灰にする気なのか⁉」

最上は慄然《りつぜん》とした。

富永が歪《ゆが》んだ笑みを浮かべながら、最上の周《まわ》りに灯油を撒《ま》きはじめた。かなりの量だった。

タンクが空になると、富永は石油ストーブを無造作に投げ捨てた。杉尾と富永は相前後して、煙草をくわえた。

二人は油溜《ゆだ》まりから少し離れ、ほぼ同時に火の点いた煙草を床に落とした。着火音が重なり、炎が床板を舐めはじめた。

火の勢いが強まると、杉尾たち二人は走って逃げていった。

炎は次第に最上の体に近づいてくる。このままでは、焼け死んでしまう。

最上は全身に力を漲《みなぎ》らせた。しかし、縛《いまし》めは少しも緩《ゆる》まない。

(こうなったら、仕方がない)

最上は反動をつけて、横に転がった。

左腿に突き刺さったままのアーチェリーの矢が折れ曲がり、激痛が走った。最上は奥歯を嚙みしめて、さらに転がった。

赤みを帯びた橙色《だいだいいろ》の炎が全身に襲《こ》いかかってきた。

猛烈に熱い。皮膚がちりちりと焦げた。

だが、なんとか火の海から逃れることができた。

最上は懸命に転がりつづけた。ドアの近くまで転がったとき、両手首の電気コードがわずかに緩んだ。

最上は歯を使って、結び目をほどいた。

両手が利くようになった。すぐに足首の電気コードを外し、すっくと立ち上がった。

大広間には、ほぼ火が回っていた。見回してみたが、消火器は見当たらない。

最上はアーチェリーの矢を引き抜き、山荘の外に脱出した。

傷口から鮮血があふれ、スラックスを濡らしはじめた。最上は左脚を引きずりながら、杉尾の別荘に引き返した。

ログ・ハウスの窓は暗かった。

富永のベンツも消えていた。

（なんてこった）

最上は夜空をふり仰いだ。徒労感が濃かった。

3

客は疎《まば》らだった。

新橋駅の近くにある居酒屋である。煤《すす》けた小さな店だった。

最上は、中ほどのテーブル席でビールを飲んでいた。まだ五時を回ったばかりだった。

伊豆長岡で焼き殺されそうになったのは、さきおとといだ。左腿の傷口は、ほとんど塞《ふさ》がっていた。しかし、脚《あし》を動かすたびに筋肉が引き攣《つ》れる。完治するまで、もう少し日数がかかりそうだ。

最上はきのうの正午過ぎ、赤坂の『セントラル・トレーディング』の様子をうかがいに出かけた。

富永は二人の用心棒に終始、身辺をガードさせていた。その二人は、歌舞伎町のホテルの部屋に押し入ってきた男たちだった。稲森会の構成員にちがいない。

最上は張り込みを諦《あきら》め、虎ノ門の杉尾法律事務所に回ってみた。

人権派の弁護士も警備保障会社のガードマンたちを雇っていた。鎌倉にある自宅にもガードマンたちが貼りついていた。

(富永や杉尾をどうやって押さえるかだな)

最上は肉じゃがに箸をつけた。

そのとき、猫背の中年男が店に入ってきた。私立探偵の泊だ。最上は泊に笑いかけた。

泊は憮然とした表情で最上の前に腰かけ、焼酎《しょうちゅう》のお湯割りとおでんを注文した。

「電話で頼んだ件、調べてくれたかな？」

「調べましたよ、一応ね」

「それじゃ、さっそく報告してもらおうか」

「杉尾弁護士の息子の等は、覚醒剤中毒《シャブチュー》で遠縁の病院に入院中です。病院は名古屋市の郊外にあります」

「薬物に溺《おぼ》れてたのか」

「ええ、そうです。等は、稲森会小岩井組から覚醒剤《シャブ》を買ってたんです。小岩井組の組長は、かつて富永の舎弟だった男ですよ」

「なるほどな、それで、富永は杉尾に接近したわけか」

「杉尾弁護士は富永に何をやらされてるんです？」

「そいつは教えられないな」

最上は言って、煙草に火を点けた。泊が苦々しげに笑った。

焼酎のお湯割りとおでんが泊の前に置かれた。店主の妻らしい四十女は、ひどく無愛想だった。

泊が割箸《わりばし》でグラスの中の梅干しを突き崩し、焼酎のお湯割りを啜った。

「杉尾の女性関係は？」

「東都テレビの人気アナウンサーの久我香織《くがかおり》と二年前から愛人関係にありますね」

「そういえば、そのころ、杉尾は東都テレビのワイド・ショー番組にレギュラー出演してたな」

「そうなんですよ。で、杉尾は久我香織といい仲になったんでしょう」

「久我香織の自宅は？」

「麻布です。『鳥居坂《とりいざか》レジデンス』の八〇一号室です。杉尾は週に一、二度、人気アナウンサーの部屋に泊まってるようだね」

「人権派の高潔な弁護士も、ただの男だったわけだ」

「あれだけの色男だから、女たちがほっとかないんでしょう。三十一、二の久我香織だって女盛りだからね」

「ま、そうだな。杉尾の実家の老舗旅館の経営状況はどうだった？」

「よくないですね。稲森会系の街金《まちきん》から六千数百万を借りて、利払いも滞《とどこお》らせてる状態です」

「それじゃ、杉尾は富永に取り込まれるはずだ。で、弁護士先生の交友関係も洗ってくれたかい？」

最上は問いかけ、短くなった煙草の火を消した。

「法曹界の連中のほかには、野党の国会議員や労働界の幹部たちと親しくつき合ってますね。ただ、ひとりだけ意外な人物と接触してました」

「意外な人物って？」

「民自党の木崎航平《きざきこうへい》ですよ」

泊がそう答え、竹輪《ちくわ》を頬張った。

六十五歳の木崎はベテランの代議士で何年も前から次期総裁と目されながらも、なかなか首相の座につけない。最近は木崎派の弱体化に頭を悩ませているようだ。

最上にとって、木崎は因縁のある人物だった。彼は木崎絡みの汚職事件の捜査で勇み足を踏み、本部事件係から外されてしまったのである。

「杉尾は半年以上も前から毎月二度も木崎と一緒にゴルフをやってます。人権派の弁護士先生は宗旨《しゅうし》変えをして、政界に打って出る気なんですかね？」

「考えられないことじゃないな。杉尾なら地名度が高いから、参院選でも知事選でも確実に当選するだろう。木崎は自分の派閥に杉尾を取り込む気なのかもしれない」

「杉尾は反権力を売り物にしてきた男だ。民自党公認なんてことになったら、裏切られたという気持ちになる有権者が多いでしょ？」

「がっかりする連中はいるだろうな。しかし、杉尾なら、大量の浮動票を獲得できるだろう」

「そうかなあ。有権者は、そう甘くないと思いますがね」

「それはとにかく、木崎と杉尾に何か共通項は？」

「大学は別ですけど、二人は神奈川の名門高校の同窓生でした。高校の同窓会か何かで、だいぶ前から面識があったのかもしれないな」

「そいつは考えられるな」

「わたしが調べたのは、以上です。検事さん、もう勘弁してくださいよ。こんなふうに只働きばかりさせられてたら、顎が干上《ひあ》がっちゃいます」

泊が愚痴《ぐち》った。

「あんたに少し小遣いを稼がせてやろう。博愛会総合病院の手塚院長んとこに行って、神宮さんの遺族との示談はうまくいってるかって訊いてみな」

「院長は、川手ドクターが人体実験をやったことを認めたんですね？」

「まあね。おそらく院長は、すぐに車代を包む気になるだろう。ついでに川手と事務長の福田も揺さぶってみるんだね。併《あわ》せて五、六百万は稼げるだろう」

「悪い検事さんだな。でも、いい情報をいただきました」

「急に、にこやかな表情になったな」

「えへへ。検事さん、もっとビールどうですか？　ここは、わたしが奢《おご》りますよ」

「のんびりしてられないんだ。ひとりで飲《や》ってくれ」

最上は腰を上げ、先に居酒屋を出た。

きのう張り込み用に借りたレンタカーは、裏通りに駐《と》めてある。車種はライト・ブラウンのクラウン・マジェスタだった。

七、八十メートル歩くと、懐で携帯電話が鳴った。最上は舗道の端にたたずみ、ポケットフォンを耳に当てた。

「わたしよ」

玲奈の声だった。

「よう！」

「いま、赤坂五丁目にいるの。『セントラル・トレーディング』から出てきたとこよ」

「富永の事務所に税務調査を装って潜《もぐ》り込んだのか⁉」

「そう。余計なお節介かなとも思ったんだけど、わたし、何か手伝いたかったの」

「それで、何か摑めたのか？」

「ええ。きのう、商工ローン会社の『全栄』と『東日本商工ファンド』から二十億円ずつ『セントラル・トレーディング』の銀行口座に振り込まれてたわ。それから、きょうの日付で大阪の『関西リサイクル・プラント』という会社から十億円入金があったの。社名から察すると、産廃業者みたいね」

「ああ、その通りだよ。その以前に不審な入金は？」

「おととい、大手電話会社と健康食品会社から、五億円ずつ振り込まれてたわ」

「そうか。富永たちが脅し取った金は、総額で六十億か。いや、博愛会総合病院からも一億五千万せしめてるから、正確には六十一億五千万だ。今後も、奴らは企業恐喝を働きつづけるつもりだろう」

「市民運動家の赤座が揺さぶりをかけたのね？」

「最初はね。しかし、赤座の脅しが利かなかったんで、富永は人権派弁護士の杉尾信行を担《かつ》ぎ出したんだよ」

「あの杉尾弁護士が、なぜ悪事の片棒を担がされることになったわけ？」

「それはね」

最上はそう前置きして、これまでの経過をつぶさに語った。

「伊豆でそんなひどい目に遭《あ》ったのに、どうして話してくれなかったの？　水臭いわね。なんか悲しくなっちゃうわ」

「玲奈に心配かけたくなかったんだ」

「それにしても、ちょっとね。それで、怪我のほうはどうなの？」

「もう大丈夫だ」

「僚さん、闘う敵が大きすぎるんじゃない？」

「確かに手強い敵だね」

「杉尾や富永のバックが木崎航平だとしたら、とても個人では太刀打ちできないんじゃないかしら?」

「おれは奴らの急所を押さえてるんだ。連中だって、下手なことはできないさ」

「でも、木崎は大物よ。元副総理で、大臣経験も豊富なのよ。その気になれば、法務大臣を動かすこともできると思うの。僚さんを国会の検察官適格審査委員会にかけて罷免《ひめん》に追い込むことだって、きっと可能なはずだわ。それ以前に、あなたに凄腕の殺し屋を差し向けるかもしれないのよ。危険すぎるわ」

「危険は承知だよ。しかし、ここまできて尻尾《しっぽ》を丸めるわけにはいかない」

「わたしがどんなに頼んでも、あなたは考えを変えそうもないわね。いいわ、もう何も言わない。でも、あなたが死んだりしたら、後追い自殺をするかもしれない女がいるってことは忘れないでね。わたし、僚さんに首ったけなんだから」

玲奈が涙声で言い、先に電話を切った。

最上は何か切ない心持ちになった。目の前に玲奈がいたら、思わず抱きしめていたにちがいない。

しかし、いま尻尾を丸めたら、男が廃《すた》る。それに、巨額を脅し取るチャンスも逸《いっ》してしまう。二十七人の組員たちが正業に就けるまでは、三代目組長の責任をまっとうしたい。

(玲奈、おれはそう簡単にゃ、くたばったりしないさ)

最上は胸底で呟き、ふたたび歩きだした。

レンタカーに乗り込むと、すぐに虎ノ門に向かった。五分ほどで、杉尾法律事務所の入居している雑居ビルに着いた。

最上は雑居ビルの少し先にクラウンを停め、黒いレザー・ブルゾンのポケットからボイス・チェンジャーを摑み出した。それを使って、杉尾のオフィスに電話をかけた。

受話器を取ったのは、秘書と思われる若い女性だった。

「杉尾弁護士に替わってくれないか」

「失礼ですが、お名前は？」

「ちょっと事情があって、名乗るわけにはいかないんだ。写真週刊誌の特約カメラマンをやってる者です。ま、パパラッチみたいなもんだね」

「ご用件をおっしゃってください」

「杉尾先生の女性関係のスキャンダル写真を撮《と》ったんですよ。逃げたりしたら、人気アナウンサーともどもスキャンダルの主になりますよ」

最上は脅した。

相手の狼狽がありありと伝わってきた。

「先生、そこにいるんでしょ？」

「は、はい」

メロディが流れてきた。

「電話、替わってくれるねっ」

最上は語気を荒らげた。相手の声が途切れ、メロディが流れてきた。

一分ほど待つと、杉尾の声がした。

「電話、替わりました」

「久我香織さんは元気ですか？　『鳥居坂レジデンス』の八〇一号室の玄関は、向かいのビルの屋上から丸見えなんですよ。一週間ほど粘ったおかげで、決定的瞬間を撮らせてもらいました」

「ほんとなのかね⁉」

「もちろんです。わたしのスクープ写真が近々、『マンデー』に掲載されたら、あなたと久我香織の不倫の事実は隠しようがなくなるな」

「ネガを買い取れというんだなっ」

「ま、そういうことになりますかね」

「いくら欲しいんだ？」

「一本でどうです？」

「つまり、一千万円か。高いな。いくらなんでも高すぎるよ」

「たったの一千万円で、あなたと久我香織は破滅を避けられるんですよ。そう考えれば、安すぎるぐらいでしょ？　それに、わたしはもう一つ、弱みを押さえてるんです」

最上は言った。

「何なんだね、それは？」

「ひとり息子の等さんのことです」

「倅の何を握ったというんだっ」

「等さんは稲森会小岩井組から覚醒剤を手に入れ、中毒者《ジャンキー》になってしまった。いまは名古屋市郊外の病院に入院中ですね？」

「そ、そんなことまで……」

「息子さんのことを含めて一千万で手を打ちましょう」

「わかった。金は払ってやろう。しかし、事務所の金庫には三百万ほどしか現金が入ってないんだ。残りは小切手でいいだろ？」

「結構です。すぐに事務所を出られますね？」

「いや、八時半以降じゃなければ、ちょっと無理だな。これから依頼人が二組訪ねてくることになってるんだ」

「そういうことなら、仕方がないな。それじゃ、午後九時に日比谷公園の野外音楽堂の前で落ち合いましょう」

「あんたの特徴を教えてくれないか」

「わたしのほうから声をかけますよ。スキャンダル写真のネガは一千万円と引き換えに渡しましょう」

「約束は守れよ！」

杉尾が忌々《いまいま》しげに言って、乱暴に電話を切った。

（だいぶ焦《あせ》ってた感じだな）

最上は携帯電話とボイス・チェンジャーをレザー・ブルゾンのポケットに入れ、煙草をくわえた。

杉尾は、おそらく指定した場所に単身では現われないだろう。富永に泣きついて、荒っぽい男たちに自分の護衛をさせるにちがいない。

（そして、そいつらにおれを生け捕りにさせる気になるだろうな。それじゃ、先手を打っとくか）

最上はセブンスターを喫《す》い終えると、ふたたびポケットフォンを手に取った。

電話をかけた先は、根津の実家だった。健が受話器を取った。

最上は、代貸の亀岡を電話口まで呼んでもらった。

「若、何かあったんですかい？」

「ちょっと亀さんと舎弟頭の手を借りたいんだ。橋爪さんはいるのかな？」

「へえ、いやすが……」

「二人で日比谷公園に八時半ごろまでに来てほしいんだ。野外音楽堂のあたりで張り込んでたら、そのうち組員らしい男たちが何人か現われると思うんだよ。二人で、そいつらを取り押さえてくれないか」

「その連中は富永の息のかかった奴らなんですね？」

「亀さん、察しがいいね。富永とつるんでる悪徳弁護士にちょっとした罠を仕掛けたんだよ。おれは、その男を確保したいんだ」

「悪徳弁護士って、誰のことなんです？」

亀岡が訊いた。

最上は杉尾信行のことを手短に話した。伊豆での出来事は意図的に喋らなかった。亀岡に余計な心配をかけたくなかったし、悪人どもを強請《ゆす》る気でいることも覚《さと》られたくなかったからだ。

「杉尾って弁護士のことは、あっしも知っててやす。弱者の味方だと思ってやしたが、富永なんかとつるんでやがったんですかい。とんでもねえ偽善者ですね」

「そうだな。そんなわけだから、ひとつ協力してほしいんだ」

「わかりやした。使う気はありませんが、一応あっしらは段平《だんびら》を用意していきまさあ」

「敵の男たちは飛び道具を懐に呑《の》んでるだろうから、油断しないでほしいんだ」

最上はそう言って、ポケットフォンの終了キーを押した。彼自身は杉尾が事務所から出てくるのを待って、あとを尾けるつもりでいる。

しばらく待たされそうだ。

最上はカー・ラジオの電源を入れ、幾度か選局ボタンを押した。すると、ニュースを流している局があった。

最上は耳を傾けた。

小室や石坂の事件は、めったに続報が伝えられなくなっていた。それでも職業柄、事件報道は気になった。

男性アナウンサーは著名な彫刻家の死を伝えると、いったん言葉を切った。

「次のニュースです。長年にわたって市民運動に情熱を傾けてきた『民の声』の代表世話人赤座聡さん、五十七歳がきょうの夕方、講演先の東京・国立《くにたち》市で亡くなりました。警察の調べによると、赤座さんは市民ホールの階段から転げ落ちて、首の骨を折った模様です。事故と思われますが、あいにく目撃者はいませんでした。何者かに突き落とされた可能性もあることから、警察は事故と他殺の両面で捜査をすることになりました」

アナウンサーが少し間《ま》をとり、赤座の経歴を詳しく語りはじめた。

(おそらく赤座は消されたんだろう。これで、三人も口を封じられたことになるな。早く片をつけなきゃな)

最上は固めた拳《こぶし》でステアリングを打ち据えた。

4

杉尾が姿を見せた。

午後八時四十分ごろだ。ひとりだった。

最上はレンタカーの中から、杉尾の動きを目で追った。

杉尾は雑居ビルから数十メートル離れた月極《つきぎめ》駐車場に急ぎ、慌《あわ》ただしく黒いポルシェに乗り込んだ。

最上はクラウンのヘッドライトを点けた。

待つほどもなく杉尾の車が月極駐車場から走り出てきた。最上は尾行を開始した。

やがて、ポルシェは日比谷方面に向かった。最上は慎重に追った。

ポルシェは日比谷の地下駐車場に潜《もぐ》り込んだ。

最上は少し間を置いてから、地下駐車場のスロープを下った。ポルシェは奥のほうにパークしかけていた。

最上は、中ほどにレンタカーを駐《と》めた。しかし、そのまま車から出なかった。

杉尾がポルシェから離れ、地上に通じる階段に足を向けた。

書類袋を持っている。中身は現金三百万円と額面七百万円の小切手だろうか。あるいは、札束に見せかけた書籍が入っているのかもしれない。

最上はクラウンを降り、杉尾を追尾しはじめた。

地上に出た杉尾は、すぐに日比谷公園に足を踏み入れた。まっすぐ野外音楽堂のある方向に進んだ。

さすがに、若いカップルたちも見当たらない。寒風が吹きすさび、樹木の梢《こずえ》や枝が揺れている。

最上は爪先《つまさき》に重心をかけながら、杉尾のあとを追った。

ほどなく野外音楽堂に達した。

杉尾はステージの真ん前に立ち、しきりに左右を見回しはじめた。助っ人のいる位置を目で確かめているのだろう。

最上は暗がりにたたずんだ。

じきに九時になった。だが、最上は動かなかった。杉尾が、そわそわしはじめた。

最上は十五分ほど経ってから、ゆっくり杉尾に近づいた。

「やっぱり、きさまだったか」

「伊豆の別荘では温かなもてなしをしてくれたよな。礼を言おう」

「運の強い奴だ。しかし、きさまも今夜こそ終わりだな」

杉尾が言って、指笛を鳴らした。だが、誰も現われない。

「あんたの助っ人は、いまごろ地べたに這いつくばらされてるだろう」

「えっ」

「稲森会のチンピラどもに邪魔されたくなかったのさ。だから、先制攻撃したんだよ」

「警察を呼んだのか⁉」

「そいつは、あんたの想像に任せよう」

最上は言うなり、足を飛ばした。前蹴りは、杉尾の睾丸《こうがん》を直撃した。

杉尾が股間《こかん》を押さえながら、膝から崩れた。

弾みで、手から書類袋が落ちた。零《こぼ》れたのは、数冊の文庫本だった。

「人権派弁護士も堕ちたもんだ。富永みたいな屑《くず》と組んで、商工ローン大手二社、産廃業者、電話会社、健康食品会社から総額で六十億円を脅し取ったんだからな。『セントラル・トレーディング』の銀行口座をチェックしたんだよ」

「…………」

「富永は、その前にフリー・ジャーナリストの石坂や市民運動家の赤座と共謀して、博愛会総合病院の手塚院長から一億五千万円の口留め料をせしめてる。説明するまでもないだろうが、強請《ゆすり》の材料は内科医の川手が神宮というタクシー・ドライバーに不必要な人体実験をして死なせたことだ」

「富永君が何をしたのか、わたしは知らんよ」

杉尾が言いながら、起き上がろうとした。

すかさず最上は右脚を高く跳《は》ね上げた。垂直に下ろした靴の踵《かかと》は、もろに杉尾の頭頂部に当たった。悪徳弁護士は地にめり込むような感じで体を縮め、そのまま横に転がった。

最上は踏み込んで、杉尾のこめかみを蹴った。杉尾が怯《おび》えたアルマジロのように、さらに四肢《しし》を縮めた。

「小室大輔は人体実験のことを内部告発したくて、フリー・ジャーナリストの石坂に協力を求めた。しかし、石坂はとんでもない野郎だった。経済やくざの富永の手先として暗躍してたんだからな。『民の声』の代表世話人の赤座は弱みを握られて、渋々、富永に協力してた節がある。しかし、石坂は積極的に富永に協力してた。小室は、そのことに気づいた。だから、命を落とすことになった。そうだなっ」

最上は声を張った。

「わたしは何も知らん。同じことを何度も言わせるな」

「あんた、少し富永を軽く見過ぎてるんじゃないのか。奴は不都合な小室を口髭の殺し屋に始末させ、仲間の石坂まで始末させた。きょう死んだ赤座を殺させたのも、どうせ富永なんだろうが」

「……………」

「あんただって、いつ寝首を掻《か》かれることになるかもしれないんだぜ」

「富永などに恐れるわたしじゃない。あの男は、ただの……」

「木崎航平の使いっ走りにすぎないってわけか。確かに富永は、木崎の駒《こま》だ。しかし、企業恐喝の片棒を担がされてるあんただって、富永と同じさ」

「このわたしを筋者なんかと同列に扱うな！　わたしは木崎さんと同じ力を持ってるんだ」

「つまり、あんたと木崎とは裏契約でつながってるってわけだ。首謀者の木崎は富永やあんたに企業恐喝をやらせて、裏金を掻き集めたい。その金をばらまいて、自分の派閥の強化を図る気だ。あんたはあんたで、木崎の力を借りて、政界に進出したいと考えてる」

「政治には興味ないよ」

杉尾が言った。しかし、最上は杉尾の狼狽ぶりを見逃さなかった。

「図星だったようだなっ」

「……………」

「肯定の沈黙だな。木崎は、企業からどのくらい口留め料を脅し取る気なんだっ。一千億円ぐらい集めるつもりでいるのか。あんたなら、知ってるはずだ」

「わたしは何も知らん」

杉尾が横を向いた。

そのとき、観客席の向こうから二つの人影が近づいてきた。亀岡と橋爪だった。

杉尾が身を竦《すく》ませた。

亀岡が近づいてきて、最上に耳打ちした。

「稲森会の二人を押さえやした。坊主頭と細身の二人でさあ。若、見覚えは？」

「その二人組なら、よく知ってるよ。で、そいつらは？」

「橋爪のワンボックス・カーの中に押し込んでありやす。粘着テープで両手を括《くく》って、口を封じてね。奴らをどうしましょう？」

「根津の家の納戸に閉じ込めといてくれないか」

「わかりやした。それじゃ、あっしらは先に……」

「ああ、ご苦労さん！」

最上は亀岡と橋爪を等分に見ながら、労をねぎらった。

亀岡たちが立ち去った。最上は、また杉尾を蹴りはじめた。場所は選ばなかった。杉尾の全身にキックを見舞った。

杉尾は丸太のように転げ回り、ぐったりと動かなくなった。

（これ以上痛めつけたら、死んじまうかもしれない）

最上は煙草をくわえた。

火を点けたとき、闇の奥で女の悲鳴がした。

玲奈の声だった。最上は煙草を投げ捨て、目を凝らした。

玲奈の片腕を捩《ねじ》り上げているのは、例の口髭をたくわえた男だった。男は、玲奈の項《うなじ》に刃物を押し当てている。

二人の後ろには、富永の姿があった。

最上は杉尾を摑み起こし、すぐさま利き腕を捻《ひね》り上げた。そのまま杉尾を歩かせ、口髭の男に接近していく。

「おい、この女の頸動脈を掻っ切ってもいいのかっ」

口髭の男が高く言った。

最上は、杉尾の右腕をぎりぎりまで捩り上げた。杉尾が体を傾け、痛みを訴えた。

「最上、杉尾さんから離れろ！」

富永が叫んで、前に進み出た。

その右手には、消音器を噛ませた自動拳銃が握られていた。型《タイプ》はベレッタのようだった。すでにスライドは引かれている。

「くそったれ！」

最上は杉尾を突き倒した。杉尾は起き上がると、富永の後ろに逃れた。

「僚さん、ごめんなさい。わたし、まさか赤坂から尾けられてるとは思わなかったの」

玲奈の語尾に、富永の言葉が被さった。

「東京国税局の美人マルサも迂闊《うかつ》だったね。どんな税務調査でも、国税局の人間が単独で訪ねてくることは稀《まれ》だからな」

「それで、正規の調査じゃないと見破ったわけか」

最上は言った。

「そういうことだ。で、おれは若い者に露木玲奈を尾《つ》けさせたのさ。玲奈を囮《おとり》にして、あんたをどこかに誘《おび》き出すつもりだったんだが、そっちが先に杉尾さんに罠を仕掛けた。そんなわけで、ここで対面することになったんだよ」

「おれは逃げも隠れもしない。だから、彼女は解放してやってくれ」

「そうはいかない」

「彼女もおれと一緒に始末する気なのかっ」

「ま、そういうことになるな。しかし、おれは自分の手を直《じか》に汚す気はない」

富永がそう言って、口髭の男にサイレンサー付きの自動拳銃を渡した。男はフォールディング・ナイフを折り畳み、玲奈の後頭部に消音器の先端を押し当てた。

玲奈が全身をわななかせはじめた。

「あとの始末を頼む。そのまま女を撃《ハジ》くのは、もったいないよな。おまえの好きにしろや」

富永が口髭の男に言って、目で杉尾を促した。二人は駆け足で走り去った。

「殺し屋の旦那、取引をしないか」

最上は言いながら、一歩前に出た。

「そこから動くんじゃねえ」

「あんた、小室大輔の殺しを二千万円で引き受けたんだよな。石坂と赤座を葬った成功報酬は、まだ貰ってないんじゃないのか?」

「うるせえ！　てめえにゃ関係のない話だろうが」

「ま、聞けよ。富永と杉尾は石坂や赤座を利用して、複数の企業から六十億円以上の銭を脅し取ったんだぜ。その半分は、首謀者の大物政治家に流れるとしても、かなりおいしい思いをしてるはずだ」

「だから、なんだってんだっ」

「あんたは小室、石坂、赤座、それから石坂の身代わりのホームレスの男の計四人を始末したが、成功報酬は一億円にも満たないはずだ。割が合わないと思わないか？　おれがあんただったら、冗談じゃないと腹をたてるな」

「おれは富永さんに世話になってんだ。あの人に文句は言えねえ」

「世話になった？」

「ああ。おれは一年半前まで横浜《ハマ》の銀竜会の若頭補佐やってたんだよ。けど、会長の愛人《レコ》としんねこになった上に、下部組織の上納金をネコババしたんだ。おれは全国に絶縁状を回され、命《タマ》奪《と》られそうになった。富永さんは、そんなおれを救ってくれたんだ。銀竜会の会長と話《ナシ》つけてくれて、おれに仕事を回してくれたのさ」

「そんな恩人は裏切れないってわけか？」

「そういうこった」

口髭の男が言って、玲奈の黒いウール・コートを脱がせた。

「少しばかり寒いだろうが、素っ裸になってもらうぜ。あんたを彼氏の前で四つん這いにさせて、バックから突っ込んでやらあ」

「脱げばいいんでしょ、脱げば。服を脱ぐから、ピストルを離してちょうだいっ」

玲奈が口髭の男に言い、最上に目でサインを送ってきた。反撃のチャンスをつくるという合図だろう。

最上は目顔《めがお》でうなずいた。

口髭の男が銃口を下げ、玲奈から少し離れた。

玲奈が上着のボタンを外すと、いきなりロング・ブーツの先で男の急所を蹴り上げた。的《まと》は外さなかった。

最上は助走をつけ、口髭の男に躍《おど》りかかった。

押し倒し、相手の武器を奪い取った。すぐに馬乗りになって、消音器の先を男の眉間《みけん》に押し当てた。

口髭の男が絶望的な吐息を洩らした。

「地下駐車場で待っててくれ」

最上は恋人に言った。

「でも、僚さんのことが心配だわ」

「おれは大丈夫だ。早く行ってくれ。おれは死んだりしない」

「わかったわ」

玲奈はためらいながら、ゆっくり遠ざかっていった。

最上はそれを見届け、上着のポケットに手を突っ込んだ。そこには、超小型録音機が入っていた。録音スイッチを押してから、最上は口髭の男に問いかけた。

「名前を言え！」

「郷間《ごうま》ってんだ」

「おまえは富永に頼まれて、小室、石坂、ホームレスの男、赤座の四人を殺《や》ったんだなっ」

「そうだよ」

「富永は石坂や赤座から恐喝材料を手に入れ、弁護士の杉尾信行と共謀して、複数の企業から巨額を脅し取ってた。その総額は、六十億円以上になる。その通りだな？」

「………」

郷間と名乗った男は、口を引き結んだままだった。

（遊んでる時間はねえんだよ）

最上は郷間の右肩に銃弾を浴びせた。発射音は、きわめて小さかった。

「さっきの質問に答えてもらおうか」

「そ、そうだよ。あんたの言った通りだ。けど、富永さんがボスじゃねえ。あの人は、木崎航平の下働きをしただけなんだ」

「下働き？」

「ああ。木崎航平は派閥強化の資金を富永さんに都合させたんだよ」

「なぜ富永は、そんな汚れ役を引き受けたんだ?」

「富永さんは若いころ、木崎健太郎《けんたろう》の書生をしてたらしいんだ。航平は、健太郎の息子なんだよ。木崎健太郎のことは知ってるよな?」

「もちろんだ。アクの強い政治家だったが、ついに総理大臣にはなれなかった」

「富永さんは、二代目政治家の木崎航平をなんとか首相にしてあげたいと考えてるんだと思うよ」

「だろうな。木崎航平と杉尾信行の間には、何か密約があるんだろ?」

「密約があったのかどうか知らねえけど、杉尾さんは次期の神奈川県知事選に出馬するらしいよ、無所属でな。そのとき、木崎航平が陰で応援することになってるみてえだぜ」

「で、杉尾は裏金集めに協力してるわけか」

「そうなんだろうな」

「参考になったよ、あんたの話」

「おれは富永さんを裏切っちまった」

郷間が自分を責めるように呟いた。

最上は超小型録音機の停止ボタンを押し、立ち上がった。

「もう撃《ハジ》かねえでくれーっ」

「殺し屋が泣き言かい?　みっともねえぜ」

「まだ死にたくねえんだ」

郷間が命乞いした。

「殺しゃしないさ。殺すだけの値打ちもないからな」

「それじゃ、どうする気なんだ？」

「しばらく寝そべって、星でも眺めてろ」

最上は郷間の足許に回り、両方の太腿に一発ずつ九ミリ弾を見舞った。

郷間がのたうち回りはじめたとき、暗がりの向こうから駆けてくる人影が見えた。富永が舞い戻ってきたのか。

最上は野外音楽堂の陰に走り入った。走ってくる男は、なんと綿引刑事だった。

（郷間がおれのことを綿引《ワタ》さんに喋るかもしれないな。奴を殺しておくべきだった。それにしても、なぜ綿引《ワタ》さんがここに……）

最上は、ひとまず野外音楽堂に背を向けた。

エピローグ

雪原が眩《まばゆ》い。

乗鞍《のりくら》高原だ。標高約三千二十六メートルの乗鞍岳の東側に広がる高原である。このあたりは標高千五百メートルほどだ。

最上は乗鞍スカイラインの夜鳴《よなき》峠《とうげ》の近くの斜面に発破《はっぱ》を仕掛けはじめた。

日比谷公園で杉尾と富永を取り逃がした夜から五日が過ぎていた。午後二時過ぎだった。

綿引に保護された殺し屋の郷間は警察病院に入院中だが、完全黙秘をしているようだ。その証拠に、捜査の手は伸びてこない。

最上はおとといの正午過ぎ、千代田区平河町にある木崎航平事務所に電話をかけ、大物政治家に郷間の録音テープを聴かせた。

しかし、木崎は少しも動じなかった。それどころか、タイ人の刺客を差し向けてきた。

襲われたのは、退庁時だった。ボルボに乗ろうとしたとき、暗がりに潜んでいたタイ人の殺し屋が牛刀に似た刃物で斬りかかってきたのである。

最上は辛《かろ》うじて凶刃を躱《かわ》すことができた。刃物を叩き落とすと、殺し屋は逃げ去った。

飯田橋の自宅マンションのドア・ノブには、ブービー・トラップが仕掛けられていた。

うっかりノブを回していたら、四一〇口径の散弾装弾《ショット・シェル》を下腹部に浴びていたはずだ。最上は鍵穴の小さな傷に気づき、事なきを得たのである。

目には目を、歯には歯をだ。きのうの夕方、最上は木崎航平の七歳の孫娘を誘拐した。彩乃《あやの》という名だった。

最上は、ふたたび木崎に電話をかけた。孫娘をさらったことを告げると、傲慢《ごうまん》な木崎は別人のように下手《したて》に出た。そして、自分が一連の事件の首謀者だったことを素直に認めた。

最上の推測は正しかった。

最初の犠牲者になった内科医の小室大輔はフリー・ジャーナリストの石坂に不審の念を抱き、密《ひそ》かに尾行したらしい。その結果、石坂が富永や赤座とつながっている事実を摑んだ。

杉尾と木崎は自分たちにも疑惑の目が向けられることを恐れ、富永に小室の抹殺を命じた。富永は自分が実行犯になることを避け、殺し屋の郷間を雇ったわけだ。

木崎は彩乃の身代金として、企業恐喝で得た六十億円を吐き出すと言った。最上は額面三十億円の小切手を二枚用意しろと命令した。

半分は自分の取り分で、残りの三十億円は小室の遺族と野口芽衣に分け与えるつもりでいる。

しかし、腹黒い敵がすんなり六十億円を吐き出すとは思えない。おそらく何か企《たくら》んでいるのだろう。

木崎、杉尾、富永の三人は、午後三時に来ることになっていた。

人質の彩乃は、根津の最上組事務所の納戸に閉じ込めてある。稲森会の二人の組員も一緒だ。

最上は作業を急いだ。

ダム工事用のダイナマイトを斜面の高い位置に三本セットし、丘の頂《いただき》に起爆装置を設けた。ダイナマイトは、代貸の亀岡が裏社会から入手してくれたものだった。

動き回ったせいか、体が汗ばんでいた。

最上はタオルで汗を拭い、腰の後ろから消音器付きのベレッタM84を引き抜いた。日比谷公園で郷間から奪い取った自動拳銃だ。

マガジン・キャッチのリリース・ボタンを押し、分厚い複列式弾倉《ダブル・コラム・マガジン》を銃把《グリップ》から引き抜く。

残弾は六発だった。初弾を薬室《チェンバー》に送り込み、ベレッタをベルトの下に差し込んだ。

アメリカ製のマウンテン・パーカーの裾で外からは見えない。いざとなったら、迷わず銃器を使うつもりだ。

晴天だった。

乗鞍高原スキー場のざわめきが風に乗って伝わってくる。音楽も聴こえた。

最上は丘を大きく迂回《うかい》し、雪原に降りた。

まっすぐ斜面を降りなかったのは、自分の足跡を残さないためだった。斜面に人の足跡があれば、当然、木崎たちは警戒心を強める。

最上は雪原の横にある林の中に分け入った。林の奥まで歩いてみたが、人影はどこにもなかった。紫煙をくゆらせながら、時間を遣《や》り過ごす。

乗鞍スカイラインに銀灰色のロールス・ロイスが停まったのは、三時五分前だった。まず運転席から富永が降りた。少し遅れて、木崎と杉尾が後部座席から出てきた。下脹《しもぶく》れの木崎の面相は、どことなくブルドッグを連想させる。

三人はひと塊《かたまり》になって、雪原に足を踏み入れた。歩きにくそうだ。

最上は周《まわ》りを見回した。

動く影はない。敵は、おとなしく六十億円の小切手を差し出すつもりなのか。

木崎たち三人が雪原の真ん中あたりで立ち止まった。それぞれが最上の姿を探している。

最上はベレッタの銃把《グリップ》に手を掛けながら、林の中から出た。三人が一斉に敵意に満ちた眼差しを向けてきた。

最上は雪原を横切り、三人と向かい合った。

「彩乃は無事なんだなっ」

木崎が切り口上で言った。

「ああ、元気だよ。大事にお預かりしてる」

「孫はどこにいるんだ？」

「そいつは言えない。約束の小切手は持ってきたな？」

「持ってきたことは持ってきた。しかし、額面は五億円になってる」

「話が違うな。おれは三十億円の小切手を二枚持ってこいと言ったはずだ」

「ちょっと事情があって、まとまった金がどうしても必要だったんだ。残りの五十五億は彩乃を返してくれたら、必ず払うよ。ここで、念書を認《したた》めてもかまわん」

「とりあえず、五億円の小切手を出せ！」

最上は言って、サイレンサー付きのベレッタM84をベルトの下から引き抜いた。三人が顔を引き攣《つ》らせ、相前後して後ずさった。

「残りの分は必ず渡す。だから、短気は起こさないでくれ」

木崎が震える手で懐から小切手を取り出した。

最上は小切手を受け取り、額面を確かめた。五億円の預金小切手だった。振出人は、木崎の個人名義になっていた。

「三人とも雪の上に這うんだ」

最上は小切手をマウンテン・パーカーの左ポケットにしまい、鋭く命じた。

「きさまは何を考えてるんだ？」

「約束を破ったんで、ちょっとお仕置きをな……」

「残りの五十五億はくれてやると言っただろうが！」

木崎が怒鳴った。最上は無言で三人の足許に銃弾を一発埋めた。

木崎たち三人が慌《あわ》てて腹這いになった。ほぼ横一列だった。

「現職検事がこんなことをしてもいいのかっ」

真ん中にいる木崎が憎々しげに言った。

「いまの言葉をそっくり木崎さんに返そう。ベテランの国会議員が企業恐喝組織の親玉を兼務してもいいのか！　偉そうな口をきくんじゃない。あんたは二年前には、マンモス企業から巨額の賄賂《わいろ》を受け取ってる。その汚職に絡む殺人事件も発生したのに、司直の手はあんたまで伸びなかった。勇み足を踏んでしまったおれは、閑職に追いやられることになった」

「それは自業自得だろうが。わたしを責めるのは筋違いってもんだ」

「ま、いいさ」

最上は薄く笑い、木崎、杉尾、富永の三人の太腿に一発ずつ銃弾を浴びせた。鮮血が白い雪を染めはじめた。

三人が転げ回りはじめたとき、雪原の前に一台の黒いワンボックス・カーが急停止した。スライディング・ドアが開き、黒い目出し帽《バラクラバ》を被った男が飛び下りた。

男は消音型の短機関銃《サブ・マシンガン》を抱えていた。ヘッケラー＆コック社製のＭＰ５ＳＤ３だ。

男が走りながら、掃射しはじめた。九ミリ弾が襲いかかってきた。

最上は撃ち返した。

男が身を伏せた。最上は中腰で雪の積もった斜面を登りはじめた。

すぐに狙い撃ちされた。銃弾の風切り音と衝撃波が無気味だった。

最上はジグザグを切りながら、丘の上まで登り切った。

ベレッタを腰に戻し、発破の起爆スイッチを押した。重い爆発音が三度轟き、雪の塊が高く噴き上げた。

次の瞬間、雪崩《なだれ》が起こった。斜面の厚い雪が地響きをたてながら、雪原に滑り落ちていった。

最上の視界は白く塗り潰《つぶ》された。

雪煙が拡散《かくさん》すると、平らだった場所には雪の小山が幾つも生まれていた。木崎たち三人とバラクラバを被った男は雪の下に埋まっているのだろう。

最上は五分ほど待ってみた。雪の下から這い出してくる者はいなかった。

(もう四人とも窒息したろう)

最上は尾根《おね》伝いに百メートルほど進み、丘の斜面を下った。

ポケットフォンで実家に電話をして、三人の人質を解放するよう亀岡に指示を与える。代貸は何も訊かなかった。

最上はマウンテン・パーカーに付着した雪を払い落とし、ボルボに乗り込んだ。

その夜のことである。

最上は自宅マンションで、ウイスキーの水割りを傾けていた。

恋人の玲奈は浴室でシャワーを浴びている。最上もグラスを空けたら、浴室に向かう気でいた。

せしめた五億円をどう遣《つか》えばいいのか。また、野口芽衣にどう説明すればいいのか。

残された問題はあったが、気分は晴れやかだった。

水割りを飲み干したとき、部屋のインターフォンが鳴った。最上はソファから立ち上がり、居間の壁に掛かった受話器を掴み上げた。

「検事殿、夜分に申し訳ありません。綿引です」

「綿引《ワタ》さんが訪ねてくるなんて珍しいな」

「検事殿、郷間という元やくざをご存じでしょうか？」

綿引が問いかけてきた。最上はうろたえそうになったが、ポーカー・フェイスを決め込んだ。

「知りませんね」

「そうですか。郷間という男は、日比谷公園内で検事殿に肩と両脚を撃たれたと言ってます。奴が持ってた消音器付きのベレッタM84を奪い取られて、逆に撃たれたんだと……」

「まったく身に覚えのない話だな」

「その件で少し話をうかがえないですかね？」

「申し訳ないが、いま取り込んでるんですよ。そういえば、察してもらえるでしょ？」

「女友達と寝室におられたんですね」

「そういうことです。明日、本庁に出向きます」

「検事殿にご足労かけるわけにはいきません。わたし、ドアの前で待たせていただきます。どうぞ存分にお娯《たの》しみになってください」

綿引の声が沈黙した。

（ここをどう切り抜けるか。新たな闘いの始まりだな）

最上は受話器をフックに戻し、玄関ホールに向かった。最悪の場合は、綿引と裏取引することになりそうだ。

最上は気持ちを引き締めた。

猟犬検事 悪行

一〇〇字書評

切り取り線

購買動機（新聞、雑誌名を記入するか、あるいは○をつけてください）	
□（　　　　）の広告を見て	
□（　　　　）の書評を見て	
□ 知人のすすめで	□ タイトルに惹かれて
□ カバーがよかったから	□ 内容が面白そうだから
□ 好きな作家だから	□ 好きな分野の本だから

●最近、最も感銘を受けた作品名をお書きください

●あなたのお好きな作家名をお書きください

●その他、ご要望がありましたらお書きください

住所	〒				
氏名		職業		年齢	
Eメール	※携帯には配信できません		新刊情報等のメール配信を 希望する・しない		

あなたにお願い

この本の感想を、編集部までお寄せいただけたらありがたく存じます。今後の企画の参考にさせていただきます。Eメールでも結構です。

いただいた「一〇〇字書評」は、新聞・雑誌等に紹介させていただくことがあります。その場合はお礼として特製図書カードを差し上げます。

前ページの原稿用紙に書評をお書きの上、切り取り、左記までお送り下さい。宛先の住所は不要です。

なお、ご記入いただいたお名前、ご住所等は、書評紹介の事前了解、謝礼のお届けのためだけに利用し、そのほかの目的のために利用することはありません。またそのデータを六カ月を超えて保管することもありませんので、ご安心ください。

〒一〇一－八七〇一
祥伝社文庫編集長　加藤　淳
〇三（三二六五）二〇八〇
bunko@shodensha.co.jp

祥伝社文庫

上質のエンターテインメントを！　珠玉のエスプリを！

祥伝社文庫は創刊15周年を迎える2000年を機に、ここに新たな宣言をいたします。いつの世にも変わらない価値観、つまり「豊かな心」「深い知恵」「大きな楽しみ」に満ちた作品を厳選し、次代を拓く書下ろし作品を大胆に起用し、読者の皆様の心に響く文庫を目指します。どうぞご意見、ご希望を編集部までお寄せくださるよう、お願いいたします。

2000年1月1日　　祥伝社文庫編集部

猟犬検事《りょうけんけんじ》　悪行《あくぎょう》　長編ネオ・ピカレスク

平成14年8月1日　初版第1刷発行
平成18年2月25日　第3刷発行

著者　南《みなみ》　英《ひで》　男《お》
発行者　深澤健一
発行所　祥《しょう》　伝《でん》　社《しゃ》
東京都千代田区神田神保町3-6-5
九段尚学ビル　〒101-8701
☎ 03(3265)2081(販売部)
☎ 03(3265)2080(編集部)
☎ 03(3265)3622(業務部)
印刷所　図書印刷
製本所　図書印刷

ISBN4-396-33058-8 C0193

祥伝社のホームページ・http://www.shodensha.co.jp/